RUBEM ALVES

VARIAÇÕES SOBRE O PRAZER

RUBEM ALVES

VARIAÇÕES SOBRE O PRAZER

2ª edição

Planeta

Revisão: Tulio Kawata
Diagramação: Balão Editorial
Capa: Compañía
Imagem de capa: Masanobu Hirose/Getty Images

CIP-BRASIL. CATALOGAÇÃO NA PUBLICAÇÃO
SINDICATO NACIONAL DOS EDITORES DE LIVROS, RJ

A477v

Alves, Rubem, 1933-

Variações sobre o prazer / Rubem Alves. - 2. ed. - São Paulo : Planeta, 2014.
ISBN 978-85-422-0392-9

1. Erotismo. 2. Prazer. 3. Corpo e mente (Terapia). 4. Relaxamento. 5. Sexo (Psicologia). 6. Corpo humano -Aspectos sociais. 7. Saúde. I. Título.

14-13550 CDD: 155.31 CDU: 159.922.1

Este livro é uma nova edição do *Livro sem fim*, do mesmo autor.

2014

Editora Planeta do Brasil Ltda.
Rua Padre João Manoel, 100 - 21º andar - Conj. 2101 e 2102
Edifício Horsa II - Cerqueira César
01411-901 — São Paulo — SP
www.editoraplaneta.com.br
atendimento@editoraplaneta.com.br

Sumário

Prefácio

Eu não deveria ter tentado escrever este livro

"E agora, que estou livre de todas as obrigações oficiais, sinto-me atraído pela ideia de usar meu tempo e bom humor para, num desses dias, escrever um livro – ou antes, um livrinho, uma coisinha para os amigos e aqueles que partilham dos meus pontos de vista. O assunto não terá a menor importância. Será apenas um pretexto para que eu me isole a fim de gozar a felicidade de ter tempo de lazer. O importante mesmo será o tom, que deverá estar entre o solene e o íntimo, entre o sério e o brinquedo, um tom que não seja de instrução, mas de conversa amigável sobre as várias coisas que aprendi..."

Quem escreveu essas palavras foi Magister Ludi, personagem central do livro de Hermann Hesse *O jogo das contas de vidro.*◈ Ele era a autoridade suprema de "Castália", uma ordem monástica que se dedicava ao cultivo e gozo da beleza, cujo ponto culminante era uma celebração anual que tinha o nome de "jogo das contas de vidro". Esse jogo se inspirava na brincadeira musical denominada "variações sobre um tema". E o Magister Ludi era o "mestre do jogo". Joseph Knecht – esse era o seu nome – estava velho, fim de carreira, aposentado. E ele pensava em que gostaria

◉ ESCLARECIMENTO: neste livro não haverá notas de rodapé. Rodapé é coisa que fica por baixo, na altura do pé, e é incômodo ficar olhando o tempo todo para baixo. Assim, como estou escrevendo este livro sob uma inspiração culinária e gastronômica, incluirei, no meio do texto, "notas de canapé", coisas pequenas e saborosas, algumas doces, outras apimentadas, que abrem o apetite, e que são servidos no meio da festa. Se você não quiser provar o canapé, pode declinar o convite e continuar a leitura.

◈ Hermann Hesse, *O jogo das contas de vidro*, pp. 384-385.

de gastar o tempo que lhe restava. Com essas palavras em mente, tentei fazer o que ele se propunha a fazer. Era isso o que o meu coração pedia. Estando livre de obrigações oficiais, aposentado, queria escrever um livrinho leve para os meus amigos.

Fracassei. Não consegui. Pensei que seria fácil juntar as peças do meu quebra-cabeça. Minhas ideias sobre a arte de educar – que é minha grande paixão – estavam todas sobre a mesa. E eu sabia e sei como se encaixam.

Mas não deu certo. O que, no início, se me afigurava como puro prazer, tornou-se motivo de sofrimento. Passaram-se anos e mais anos. O livro não terminava. Minhas ideias se recusavam a obedecer as minhas ordens. Concluí, então, tristemente, que eu não conseguiria escrever o livro que era para se chamar "A erótica da educação e a educação da erótica".◉

◉ Pare um pouco e pense sobre este título. Ele sugere, primeiro, que educar é uma fonte de prazeres: "a erótica da educação". Educar e fazer amor são muito parecidos... Sugere, depois, que nossos sentidos, órgãos do prazer, estão num estado de impotência, não se deixam excitar. É preciso acordá-los – para que haja mais prazer: "a educação da erótica".

Decidi, então, abandonar o projeto. Sepultei o que havia escrito num arquivo do computador.

E aí teria ficado se não acontecesse uma coisa que me fez tirá-lo da sepultura. Isso que aconteceu está explicado nesta crônica:

"Se eu tiver apenas um ano a mais de vida..."

Faz alguns anos que um grupo de amigos se reúne comigo para ler poesia. Para que ler poesia? Para a gente ficar mais tranquilo e mais bonito. Mas não me entendam mal. Já observaram os urubus – como eles voam em meio à ventania? Eles nem batem as asas. Apenas deixam-se levar, flutuam. Esse jeito de ser chama-se sabedoria. A poesia nos torna mais sábios, retirando-nos do torvelinho agitado com que a confusão da vida nos perturba. Drummond, escrevendo sobre Cecília Meireles, disse: "Não me parecia criatura inquestionavelmente real; por mais que aferisse os traços de sua presença entre nós, marcada por gestos de cortesia e sociabilidade, restava-me a impressão de que ela não estava onde nós a víamos. Por onde erraria a verdadeira Cecília, que, respondendo à indagação de um curioso, admitiu ser seu principal defeito 'uma certa ausência do mundo'? Do mundo como teatro, em que cada espectador se sente impelido a tomar parte frenética no espetáculo, sim; mas não, porém, do mundo das essências, em que a vida é mais intensa porque se desenvolve em um estado puro, sem atritos, liberta das contradições da existência".

Pois é isso que a poesia faz: ela nos convida a andar pelos caminhos da nossa própria verdade, os caminhos em que mora o essencial. Se as pessoas soubessem ler poesia é certo que os terapeutas teriam menos trabalho e talvez suas terapias se transformassem em concertos de poesia!

Pois aconteceu que, numa dessas reuniões, quando líamos trechos da *Agenda 2001 – Carpe Diem*, encontramos, no dia 2 de fevereiro, essa afirmação de Gandhi: "Eu nunca acreditei que a sobrevivência fosse um valor último. A vida, para ser bela, deve estar cercada de vontade, de bondade e de liberdade. Essas são coisas pelas quais vale a pena morrer". Essas palavras provocaram um silêncio meditativo, até que um dos membros do grupo, que se chama "Canoeiros", sugeriu que fizéssemos um exercício espiritual. Um joguinho de "faz de conta". Vamos fazer de conta que sabemos que temos apenas um ano a mais de vida. Como é que viveremos sabendo que o tempo é curto – *tempus fugit*?

A consciência da morte nos dá uma maravilhosa lucidez. D. Juan, o bruxo do livro de Carlos Castañeda, *Viagem a Ixtlan*, advertia seu discípulo: "Essa bem pode ser a sua última batalha sobre a terra". Sim, bem pode ser. Somente os tolos pensam de outra forma. E se ela pode ser a última batalha, que seja uma batalha que valha a pena. E, com isso, nos libertamos de uma infinidade de coisas tolas e mesquinhas que permitimos se aninhem em nossos pensamentos e coração. Resta então a pergunta: "O que é o essencial?". Um conhecido meu, místico e teólogo da Igreja Ortodoxa Russa, ao saber que tinha um câncer no cérebro e que lhe restavam não mais que seis meses de vida, chegou à sua esposa e lhe disse: "Inicia-se aqui a liturgia final". E, com isso, começou uma vida nova. As etiquetas sociais não mais faziam sentido. Passou a receber somente as pessoas que desejava receber, os amigos, com quem podia compartilhar seus sentimentos. Eliot se refere a um tempo em que ficamos livres da compulsão prática – fazer, fazer, fazer. Não havia mais nada a fazer. Era hora de se entregar inteiramente ao deleite da vida: ver os cenários que ele amava, ouvir as músicas que lhe davam prazer, ler os textos antigos que o haviam alimentado.

O fato é que, sem que o saibamos, todos nós estamos enfermos de morte e é preciso viver a vida com sabedoria para que ela, a vida, não seja estragada pela loucura que nos cerca.

Lembrei-me das palavras de Walt Whitman: "Quem anda duzentos metros sem vontade/ anda seguindo o próprio funeral/ vestindo a própria mortalha...".

Pensei então nas minhas longas caminhadas pelo meu próprio funeral, fazendo aquilo que não desejo fazer, fazendo porque outros desejam que eu faça. "Sou o intervalo entre o meu desejo e aquilo que os desejos dos outros fizeram de mim...".◈ Sou esse intervalo, esse vazio – de um lado, o meu desejo (onde foi que o perdi?); do outro lado, o desejo dos outros que esperam coisas de mim. Não, não são os inimigos que me impõem o intervalo. Inimigos: não lhes dou a menor importância. Os desejos que me pegam são os desejos das pessoas que

◈ Fernando Pessoa [*Álvaro de Campos*], *Obra poética*, p. 413.

amo – anzóis na carne. Como tenho raiva do Antoine de Saint-Exupéry – "tornamo-nos eternamente responsáveis por aqueles que cativamos...". Mas isso não é terrível? Ser responsável por tanta gente? Cristo, por amar demais, terminou na cruz. Embora não saibamos, o amor também mata.

Então, abandonar o amor? Não. Mas é preciso escolher. Porque o tempo foge. Não há tempo para tudo. Não poderei escutar todas as músicas que desejo, não poderei ler todos os livros que desejo, não poderei abraçar todas as pessoas que desejo. É necessário aprender a arte de "abrir mão" – a fim de nos dedicarmos àquilo que é essencial.

Aí eu comecei a pensar nas coisas que amo e que abandonei – vejam só: neste exato momento me dei conta de que, por causa desta crônica, não liguei a fonte que faz um barulhinho de água e nem pus nenhuma música no meu tocador de CDs, a pressa era demais, a obrigação era mais forte.

Tudo bem agora, a fonte faz o seu barulhinho e o Arthur Moreira Lima toca minha sonata favorita de Mozart, em lá maior, KV 331 – coisas que amo e abandonei. Eu, mau leitor de poesia! Poesia lida e não vivida! Não levei a sério o dito pelo Fernando Pessoa: "Ai, que prazer não cumprir um dever. Ter um livro para ler e não o fazer! Grande é a poesia, a bondade e as danças... Mas o melhor do mundo são as crianças...".

Sempre fui louco por jardins. Uns acham que eu não acredito em Deus. Como não acreditar em Deus se há jardins? Um jardim é a face visível de Deus. E essa face me basta. Não tenho necessidade de ir olhar atrás das estrelas... Escrevi inúmeros textos sobre jardins. Num jardim estou no paraíso. Mas, que foi que fiz com o meu jardim? Abandonei. A caixa das abelhinhas apodreceu, caiu a tampa e eu não fiz nada. Cresceu o mato, eu não fiz nada. Da fonte tirei os peixes, coitados... De um lugar de prazer, onde se assentar em abençoada vadiação contemplativa, meu jardim virou um lugar de passagem. Abandonei o meu amigo, por causa do dever. Para o inferno com o dever! Vou mesmo é cuidar do meu jardim. Por prazer meu. E pela alegria das minhas netas. Vou reformar a fonte, vou fazer um balanço (que os paulistas insistem em chamar de balança...), vou reformar o gramado, vou refazer a casa das abelhinhas, vou fazer uma cobertura para as orquídeas. E mais, vou fazer uma "casinha de bruxa", cheia de brinquedos, para as minhas netas, a Mariana, a Camila, a Ana Carolina, a Rafaela e a Bruna... Quero brincar com elas. Em breve elas terão crescido e não mais terei netas com quem brincar. "Mas o melhor do mundo são as crianças..."

Vou voltar a tocar piano – coisas fáceis: a "Fantasia", de Mozart, a "Träumerai", de Schumann, o Improviso op. 90, n. 4, de Schubert, o prelúdio da "Gota d'água", de Chopin, alguns adágios de sonatas de Beethoven.

Quero ouvir músicas: aquelas que fazem parte da minha alma. Pois a alma, no seu lugar mais fundo, está cheia de música. E, sem precisar me desculpar pelo meu gosto, digo que amo música erudita. Música erudita é aquela que nos faz comungar com a eternidade. As outras são bonitas e gostosas – mas são coisa do tempo.

Quero reler alguns livros. Vou relê-los porque é sempre uma alegria caminhar por caminhos conhecidos e esquecidos. É como se fosse pela primeira vez.

Não quero novidades. Não vou comprar apartamentos ou terrenos. Não quero viajar por lugares que desconheço. Eliot: "E ao final de nossas longas explorações chegaremos finalmente ao lugar de onde partimos e o conheceremos então pela primeira vez...". É isso. Voltar às minhas origens, às coisas de Minas que tanto amo... a cozinha, os jardins de trevo, a malva, as romãs e os manacás, as montanhas, os riachinhos, as caminhadas...

Há coisas que só poderei gozar em solidão. Ninguém é obrigado a gostar das músicas que amo. Entrando nesse mundo, gozarei de abençoada solidão. Lugar bom para se ouvir música assim é guiando o carro, sozinho, sem precisar conversar.

Mas quero meus amigos. Não do jeito do Roberto Carlos, que queria ter um milhão de amigos. Não é possível ter um milhão de amigos. Quero meus poucos amigos. Amigos: pessoas em cuja presença não é preciso falar...

"Estou tentando, estou começando. Espero conseguir..."

◉ ◉ ◉

Senti, então, que não gostaria que aquilo que eu havia escrito ficasse enterrado. Afinal de contas, o que escrevo é parte de mim mesmo. Mas sabia, ao mesmo tempo, que meus esforços para terminar o livro seriam inúteis. Brinquei, então, com a ideia de publicar o livro do jeito que estava, não terminado. Nisso ele se pareceria com a vida. A vida nunca é terminada. Ela termina sempre sem que tenhamos escrito o último capítulo. O herói do livro *Lições de abismo*, de Gustavo Corção, sabendo que não teria mais que seis meses para viver, compara a vida a uma sonata de Mozart que, em vinte minutos, diz tudo o que é para ser dito. Os seus acordes finais não são um fim. O silêncio que os segue não é um vazio. Os acordes finais anunciam que a beleza se consumou. E o silêncio que se segue é para que o encantamento não seja quebrado. Mas a nossa vida, infelizmente, não é como uma sonata. Ela é interrompida antes da hora. Muita coisa fica para ser dita.

A vida é assim: a gente escolhe um caminho na esperança de que ele vá nos conduzir a um lugar de alegria. Tolos, pensamos que a alegria está ao final do caminho. E caminhamos distraídos, sem prestar atenção. Afinal de contas, caminho é só caminho, passagem, não é o ponto de chegada. Com frequência, a gente não chega lá, porque morre antes. Mas há uns poucos que chegam ao lugar sonhado – só para descobrir que a alegria não mora lá. Caminharam sem compreender que a alegria não se encontra ao final, mas às margens do caminho. Não foi isso que disse Riobaldo? "O real não está na saída nem na chegada; ele se dispõe para a gente é no meio da travessia..."

Nietzsche se espantava com os turistas que subiam, esbaforidos e suados, os caminhos da montanha, querendo chegar lá em cima. Sua pressa não lhes permitia ver as belezas que moravam ao lado do caminho. Meu filho Sérgio e a companheira, Ana Marta, subiram a pé, com um grupo de turistas, o caminho que leva a Machu Picchu. Depois de muito caminhar montanha acima, houve uma parada. O cenário era deslumbrante: os picos nevados, os vales. Ficaram extasiados. Mas houve uma turista que, indiferente à beleza, pegou um livro, deitou-se debaixo de uma árvore e se pôs a ler. Ela não fora treinada para ver a beleza. O que ela desejava era chegar ao final.

Pensei que o meu livro poderia ser como uma caminhada que não chegou ao fim – caminhada que parou no meio do caminho. E, assim, resolvi: vou publicar um livro sem fim.

No meio da minha luta com a minha incapacidade de terminar o meu livro escrevi um desabafo ao qual dei o nome de "Contra o método". Originalmente ele se encontrava entre os capítulos 5 e 6. Resolvi mudá-lo de lugar. Eu o coloquei no início para que você compreenda o que aconteceu.

1 Por que não consegui terminar este livro

Originalmente: "Contra o método"

Estou ficando com raiva deste livro. Embora tenha me esforçado por três meses, não consegui acrescentar ao manuscrito uma única palavra. Fui atingido pela "síndrome da centopeia".◉

◉ Sobre a "síndrome da centopeia", vá ao capítulo 7: "Os saberes do corpo".

As ideias não me faltam. Ao contrário, elas brotam a todo momento. Já tenho centenas de páginas cheias de anotações. Mas não consigo colocá-las em ordem. São peças de um quebra-cabeça espalhadas pela mesa. Tento encaixá-las umas nas outras para formar um padrão único. Mas elas se rebelam.

Wittgenstein passou por uma experiência idêntica. Ele relata o acontecido no prefácio das *Investigações filosóficas*.◈ Eis o que ele diz: "Os pensamentos que eu publico no que se segue são o precipitado de investigações filosóficas que me ocuparam por pelo menos 16 anos. [...] Depois de várias tentativas malsucedidas de fundir meus resultados numa peça única, percebi que eu nunca haveria de ser bem-sucedido. O melhor que eu poderia escrever seria nada mais que anotações filosóficas; *os meus pensamentos ficavam logo paralisados se eu tentava forçá-los numa única direção contra a sua inclinação natural*".

◈ Wittgenstein, *Philosophical Investigations*, p. IX.

Wittgenstein, assim, publicou o seu livro não como um livro normal de filosofia, as ideias todas amarradas sistematicamente umas nas outras. Os fios, ele os tinha. Mas não conseguiu tricotar o pulôver. Seu livro aparece, então, como uma série de "anotações" soltas. Essas anotações, todas elas numeradas, eu tenho a impressão de que eram originalmente fichas nas quais ele registrava seus pensamentos. Incapaz de juntar as peças do quebra-cabeça, ele simplesmente as publicou, da forma como estavam espalhadas sobre a mesa.

Wittgenstein explica o seu fracasso como sendo devido ao fato de que ele, como filósofo, procurava organizar as ideias numa "única direção", mas as ideias pensavam diferente. A "inclinação natural" das ideias era outra. As ideias têm ideias próprias – são dotadas de vida, resistem, lutam, determinam direções. Então há de se considerar a possibilidade de que o ato pelo qual as ideias se organizam não seja fruto das decisões do eu que pensa. Forçadas a marchar numa direção única, elas se rebelam.

Minhas ideias fizeram greve. Recusaram-se a se mexer. Coisa estranha, porque minhas ideias não se comportam assim normalmente. Ao contrário, explodem e dançam sem parar, numa orgia incontrolável. Se você não sabe o que isso significa, transcrevo um parágrafo de Octavio Paz:

"Diariamente as palavras chocam-se entre si e emitem chispas metálicas ou formam pares fosforescentes. O céu verbal se povoa sem cessar de novos astros. Todos os dias afloram à superfície do idioma palavras e frases, minando ainda umidade e silêncio por entre suas frias escamas. No mesmo instante outras desaparecem. De repente, o terreno baldio de um idioma fatigado se cobre de súbitas flores verbais. Criaturas luminosas habitam as espessuras da fala..."◈

◈ Octavio Paz, *O arco e a lira*, p. 42.

Eu normalmente, quando estou escrevendo, me sinto em meio a essa orgia deliciosa – o que torna o ato de escrever um prazer torturante. É torturante porque me sinto sempre possuído pelo medo de que eu não seja capaz de colocar no papel a dança das palavras. É o medo de que o filho não nasça belo como eu o vi.

Escrever é uma das minhas maiores alegrias. E o curioso é que a "síndrome da centopeia" esteja agindo de maneira seletiva: ela só me paralisa quando tento escrever este livro. Escrevendo coisas leves, crônicas, miniaturas, as palavras me saem fáceis, brincantes, felizes. Experimento o "acriançamento das palavras". Mas basta que eu abra o arquivo do micro onde está este livro para que as palavras virem chumbo. Este livro me tornou impotente. Que coisa mais triste: ser potente com todas as mulheres menos com aquela que mais amo. Daí a minha raiva.

Já se tornou rotina: Nietzsche me salva sempre. A razão? Ele era mais livre do que eu: o que o seu corpo lhe dizia ele escrevia, sem dar explicações ou oferecer fundamentos. Ele sabia que argumentos e razões não convencem.◉ A razão não funciona sem evidências e provas. Quem diz e escreve tem de contar o caminho que foi seguido. Disse algum filósofo da ciência, cujo nome me esqueci, que o sentido de um conceito científico é o processo da sua produção. Conceitos valem pelo *pedigree*. Um artigo científico é isso: o relato do caminho que se seguiu para se ir do ponto de onde se partiu até o ponto aonde se chegou. Isso se chama método.

Mas o corpo não entende a linguagem do método. Métodos são procedimentos racionais. Mas o corpo é um ser musical. Ele só entende a linguagem da estética. "O organismo é uma melodia que se canta", diz Merleau-Ponty citando o biólogo Uexküll. Também Bachelard tinha consciência da textura musical do corpo. E ele observa que, muitas vezes, é "no inverso da causalidade", "na *repercussão* (*retentissement*)" que se encontram "as verdadeiras

◉ Aqui, algo inesperado aconteceu: sem nenhuma exigência prévia de coerência, sem que eu o chamasse, sem nenhuma justificativa metodológica, meu rio de pensamentos foi surpreendido por um peixe dourado que repentinamente saltou de dentro de suas águas e falou um poema – os poemas moram sempre no fundo das águas. Por exigência de estilo eu teria de dizer "Como disse fulano", "Assim pensava beltrano", mas não vou fazer nada disso, só vou escrever o que aconteceu, do jeito como aconteceu – o peixe pulou e falou: "Sermões e lógicas jamais convencem, o peso da noite cala bem mais fundo em minha alma" – palavras de Walt Whitman (*Folhas das Folhas de Relva*, p. 36).

medidas do ser de uma imagem poética". Nessa repercussão, "a imagem poética terá uma sonoridade de ser".◈ O corpo, tocado por uma imagem poética, repercute, ressoa, vibra. Que estranho poder esse da imagem poética, coisa etérea, de mover o corpo! Fernando Pessoa descreve esse acontecimento num poema maravilhoso – combinação de música e saber, o mais completo resumo que conheço da teoria psicanalítica:

◈ Octavio Paz, *O arco e a lira*, p. 42.

Cessa o teu canto!
Cessa, que, enquanto
O ouvi, ouvia
Uma outra voz
Como que vindo
Nos interstícios
Do brando encanto
Com que o teu canto
Vinha até nós
Ouvi-te e ouvia-a
No mesmo tempo
E diferentes
Juntas cantar
E a melodia
Que não havia
Se agora a lembro
Faz-me chorar.◈

◈ Fernando Pessoa, *Obra poética*, p. 179.

As cítaras indianas possuem duas camadas de cordas. A camada superior é tocada pelo artista. A camada inferior nunca é tocada por ele. Ela vibra harmonicamente pelo poder do toque da melodia que sai da camada superior. Metáfora do corpo. O poeta fala. Sem argumentos ou provas, o corpo vibra. Essa vibração é a evidência de que o poeta falou a verdade que dormia dentro do corpo.

Amo Nietzsche por causa disto. Quando ele fala, meu corpo vibra. E diz: "É isso mesmo".

"Eu só poderia crer num deus que pudesse dançar. E quando eu vi o meu demônio eu o encontrei sério, rigoroso, profundo e solene: era o espírito de gravidade – através dele todas as coisas caem. Não se mata por meio do ódio, mas por meio do riso. Venham, matemos o espírito de gravidade!"◉

Meu corpo ficou paralisado, enfeitiçado pelo demônio da gravidade, vestido com vestes acadêmicas. Não se assustem com a palavra "feitiço". Não me converti a uma seita pentecostal exótica. A palavra "feitiço" é Wittgenstein quem usa para definir a filosofia como "uma batalha contra o feitiço da nossa inteligência por meio da linguagem".◈ No *Livro Azul,* ele repete a mesma ideia com uma ligeira modulação: "Filosofia, como usamos a palavra, é uma luta contra o fascínio que formas de expressão exercem sobre nós".◈

A bruxa falou "sapo" e o príncipe virou sapo. O demônio acadêmico falou "livro" e eu fiquei paralisado. Na verdade, não é bem "livro". Se ele tivesse falado *Livro sobre nada,* escrito pelo Manoel de Barros, ou *A chama de uma vela,* escrito pelo Bachelard, eu teria ficado mais leve. O demônio falou livro sério – as ideias umas depois das outras. Ele falou livro e eu me vi escrevendo livro para ser lido por habitantes do "País dos Saberes". No "País dos Saberes" há regras precisas que regulam a fala e a escrita. Regras claras, rigorosamente definidas. Quem tropeça é expulso. Para se entrar no "País dos Saberes" há de se passar por rituais de exame de linguagem. Tais rituais têm o nome de "defesas de tese". Nas defesas (evidentemente deve haver um ataque) seja de mestrado, seja de doutoramento, não se presta atenção no *que* o postulante à admissão diz. Mas se prestará rigorosa atenção no *como*

◉ Todas as traduções das obras de Nietzsche, exceto quando indicado, tomam por base os textos de *Friedrich Nietzsche Werke,* Karl Schlechta, Verlag Ullstein, Frankfurt am Main-Berlim-Viena, 1976, que aparecerão assim indicadas: FN, seguido do número do volume, em algarismos romanos, do número da seção, em algarismos romanos entre parênteses, do número da página, e do título em português. FN II (II), p. 581, *Assim falou Zaratustra,* primeira parte, "Sobre o ler e o escrever".

◈ Wittgenstein, *Philosophical Investigations,* p. 109.

◈ Wittgenstein, *The Blue and the Brown Books,* p. 27.

ele o diz. Qualquer *que* é permitido, desde que o *como* seja obedecido. Não importa o *que* o postulante escreveu; importa o seu domínio da gramática da linguagem do saber, científico ou filosófico.

Lewis Carroll era um gozador. Dizia suas coisas sob a forma de estórias infantis absurdas. Se tivesse dito de forma clara, num artigo de jornal, teria sido expulso de Oxford. Escreveu um poema incrível, totalmente sem sentido. Mas, ao lê-lo, o leitor tem impressão de que está lendo algo que faz sentido, porque as regras da gramática são obedecidas. O poema não tem sentido porque as palavras que ele usou não existem: não significam coisa alguma. Mas elas estão arranjadas de forma gramatical absolutamente correta. É praticamente impossível traduzir um texto assim porque traduzir é dizer numa língua o sentido que é dito numa outra língua. Se o texto não tem sentido, como traduzir?

Jabberwocky

'Twas brillig, and the slithy toves
Did gyre and gimble in the wabe:
All mimsy were the borogoves,
And the mome raths outgrabe.◈

◈ Lewis Carroll, *Alice's Adventures in Wonderland – Through the Looking Glass*, p. 230.

Jaguadarte
Era briluz. As lesmolisas touvas
Roldavam e relviam nos gramilvos.
Estavam mimsicais as pintalouvas
E os momirratos davam grilvos.◈

◈ *Aventuras de Alice no país das maravilhas – Através do espelho e o que Alice encontrou lá*, tradução de Sebastião Uchoa Leite.

Imagino que a inspiração para esse poema lhe veio quando assistia a uma defesa de tese na qual o que vale não é o sentido, mas a gramática da linguagem dos saberes.

Fiquei paralisado porque o demônio me obrigava a escrever uma linguagem que desaprendi. Desaprendi *mesmo*. Ainda que eu me esforce, não consigo produzir uma escritura segundo as regras da gramática da ciência. Não sou mais um cidadão do "País dos Saberes". Estou em boa companhia. Barthes é uma delas. Zaratustra também emigrou: "Mudei-me da casa dos eruditos e até mesmo bati a porta atrás de mim. Minha alma se assentou faminta por muito tempo à sua mesa; eu não sou, como eles, treinado a buscar o conhecimento ao estilo de quebrar nozes. Amo a liberdade e o ar sobre a terra fresca; eu preferiria dormir em estábulos a dormir em suas etiquetas e respeitabilidades".◈

◈ FN II (II), p. 654, *Assim falou Zaratustra*, segunda parte, "Sobre os eruditos".

Não consigo escrever nada segundo suas regras. Meu texto é habitado por metáforas equívocas, neblinas, imprecisões, jogos de palavras, humor, saltos, repetições. Mas essas são coisas proibidas pelas regras da linguagem do "País dos Saberes".

Sete da manhã. Eu estava, há pouco, tomando café, ouvindo prelúdios para piano de Rachmaninoff, com o olhar perdido nos pinheiros que estão à frente da minha casa. Eu não estava pensando em nada. Não estava procurando nada. Aí apareceram umas ideias inesperadas. Elas começaram a dançar – eu não havia pensado nelas, eu não as estava procurando, elas simplesmente vieram e eu gostei. Lembrei-me do dito por Picasso: "Eu não procuro. Eu encontro". A dança das ideias é sempre um espetáculo fascinante. Havia uma ideia central. Outras começaram a aparecer. Como se tivessem sido chamadas por ela. Não eram ideias novas. Eram ideias velhas, que estavam guardadas na minha memória. Mas não eram memória, no sentido usual. Memória, no sentido usual, é um saber que vem à consciência quando eu o chamo. Quero chamar um amigo ao telefone, dou uma ordem à memória para que ela me diga o número, e ele aparece, saído do arquivo onde se encontrava. Dizemos que uma pessoa tem boa memória: as ideias que estão guardadas nos seus arquivos são obedientes; elas vêm logo que chamadas.

Mas o que aconteceu comigo foi diferente. Eu não chamei nada. Para chamar é preciso ter consciência da coisa a ser chamada. As ideias vieram por conta própria. Mas não foram quaisquer ideias. Foram ideias que dançaram com a ideia central, bailarina que fazia solo.

Quem as chamou se não fui eu? Foi a solista, a ideia central. As ideias do eu pensante são aves engaioladas – pertencem ao eu que faz com elas o que deseja. As ideias que moram no corpo são aves selvagens – só vêm quando desejam. Elas têm vontade e ideias próprias.

Quando o eu cartesiano, consciente, chama as ideias e elas obedecem, a isso se dá o nome de memória. Quando é uma ideia que chama as outras, a isso a psicanálise dá o nome de livre associação. E o eu fica espantado (por vezes até ri) com esse súbito aparecimento, com a inesperada perturbação da sua ordem. Sobre isso eu escrevi uma estória para crianças, *A loja de brinquedos.*◈ Durante o dia, quando o dono da loja estava acordado, os brinquedos estavam como mortos. À noite, quando o dono da loja, senhor Serafim, ia dormir, os brinquedos ganhavam vida e faziam uma festa.

◈ Rubem Alves, *A loja de brinquedos*, São Paulo, 1998.

E assim, à mesa do café da manhã, sem que o meu eu fizesse nada, foi se configurando um texto que eu não havia pensado escrever e que nada tem a ver com este livro. O meu corpo não está todo neste livro.

Não sei explicar como as ideias chegaram até mim. Isso é *inspiração*. Mas essa palavra não é permitida na linguagem da ciência. O cientista tem de prestar contas do caminho que seguiu até a ideia que está exibindo. Ou seja: ele tem de explicar o método... para que ela possa ser testada. O teste acontece quando um outro cientista, seguindo o mesmo caminho, chega à mesma ideia. Mas não há formas de se ensinar a inspiração. Ela vem quando quer...

Não há métodos para se ter boas ideias. Se houvesse, bastaria saber o método para nos tornarmos criativos e brilhantes. Quando a moda é falar em construção do conhecimento, é preciso que se saiba que nem sempre a ideia nos chega por um processo de construção.

Inspiração é quando uma ideia se oferece a nós, gratuitamente, sem que nós a tivéssemos procurado ou produzido. Elas não se encontram ao final de um caminho metodológico.

Comentando a sua experiência de inspiração, Nietzsche escreveu o seguinte:

"Será que alguém, no fim do século XIX, tem uma ideia clara do que os poetas das eras fortes chamaram pelo nome de *inspiração*? Se não, vou descrevê-la. Repentinamente, com certeza e sutileza indescritível, algo se torna *visível, audível,* algo que nos sacode em nossas últimas profundezas e nos lança por terra... A gente não busca, ouve. Não pede ou dá, aceita. Como o relâmpago, um pensamento se ilumina, com necessidade, sem hesitações com respeito à sua forma. Eu nunca tive qualquer escolha! [...] Tudo acontece de forma involuntária no mais alto grau, mas como uma onda enorme de liberdade, um sentimento de algo absoluto, de poder, de divindade. O caráter involuntário da imagem e da metáfora, de tudo, é o mais estranho. Tudo se oferece como se fosse a expressão mais óbvia, mais simples. Parece, na verdade, para me referir a algo que Zaratustra diz, que é como se as coisas mesmas se aproximassem e se oferecessem como metáforas..."◉

◉ FN III (II), pp. 577-578, *Ecce Homo*. Note essas duas referências ao visível e ao audível: Nietzsche escreve como poeta, isto é, ele deseja pintar imagens, criar sons: essa é a linguagem que o inconsciente entende; não a linguagem dos conceitos. "O cientista vê qualquer coisa porque ele sabe; o artista sabe qualquer coisa porque ele a vê" (George Simmel, citado em D'Épinay, *Groddeck – A doença como linguagem*, p. 140).

Por isso, com razão, muitos filósofos dizem que Nietzsche não é filósofo. A filosofia é a linguagem do consciente, do "princípio da realidade." O pensamento de Nietzsche, eu o colocaria como poesia e sabedoria: ele faz o corpo pensar.

Nietzsche se deleitava com os aforismos. "De tudo o que se escreveu eu só amo aquilo que o homem escreveu com o seu próprio sangue." E logo a seguir ele identifica o "escrever com sangue" e os "aforismos".

"Quem quer que escreva com sangue e aforismos não deseja ser lido, mas ser sabido de cor. Nas montanhas o caminho mais curto é de pico a pico: mas, para isso, é preciso ter pernas longas. Aforismos deveriam ser picos – e aqueles a quem são dirigidos também deveriam ser altos e elevados. O ar é puro, o perigo está próximo e o espírito está cheio de um sarcasmo jovial: esses dois vão bem, juntos..."◈

◈ FN II (II), p. 305, *Assim falou Zaratustra*, "Sobre o ler e o escrever".

Aforismos são relâmpagos: caem do céu com um estampido e racham pedras. Suas causas são irrelevantes. Dispensam razões. Riem-se dos que tentam explicá-los. Valem por eles mesmos, como se fossem estrelas. Repelem aqueles que os entendem como nascidos.

"Um bom aforismo é muito duro para os dentes do tempo e não é consumido pelos milênios, muito embora ele seja alimento a cada momento: esse é o grande paradoxo da literatura, o permanente no meio das mudanças, a comida que permanece sempre gostosa, como sal, ela não perde o sabor..."◈

◈ Walter Kaufmann, *Basic Writings of.Nietzsche*, p. 156.

Fernando Pessoa se espantava com as ideias que lhe vinham sem que as tivesse procurado.

Às vezes tenho ideias felizes,
Ideias subitamente felizes, em ideias
E nas palavras em que naturalmente se despegam...

Depois de escrever, leio...
Por que escrevi isto?
Onde fui buscar isto?
De onde me veio isto? Isto é melhor do que eu...
Seremos nós neste mundo apenas canetas com tinta
Com que alguém escreve a valer o que nós aqui traçamos?◈

◈ Fernando Pessoa, *Obra poética*, p. 394.

Uma moça me escreveu. Estava lutando para ser admitida no "País dos Saberes". Estava escrevendo uma tese. Tinha de provar o seu domínio da gramática da ciência. Sua tese era sobre as estórias infantis que escrevi. Guiada pelo guardião dos saberes acadêmicos, o seu orientador, enviou-me um questionário preparado segundo as regras acadêmicas.

Primeira pergunta:

"De que teoria o senhor lança mão para escrever as suas estórias?"

Segunda pergunta:

"Que método o senhor usa para escrever suas estórias?"

Pobrezinha. Minhas respostas não a ajudaram. Nem lanço mão de teoria nem uso método para escrever minhas coisas. Lançaria mão de teoria e usaria método se eu estivesse procurando. Mas "eu não procuro. Eu encontro".

Para os soldados que marcham em parada, a coreografia do grupo de dança O Corpo é anarquia. A marcha dos soldados segue a lógica da causalidade. "Ordinário! Marche!" Uma coisa depois da outra, na ordem devida, segundo a lógica da sucessão e da contiguidade.

Mas a dança do corpo segue a lógica do amor. Lógica do amor? Amor tem lógica? Amor não é só loucura? Sentimento puro, incapaz de conhecer? Não será por isso que ele foi excluído do "País dos Saberes"? Ah! Como os pedagogos têm medo da palavra amor! Se a usassem, seriam apelidados de *românticos*! Mas quem tem respeito intelectual por um romântico? Na melhor das hipóteses, ele escreverá poemas e comporá canções. Mas de um romântico não se pode esperar conhecimento. Apenas ejaculações emotivas. E não há nada a que os pedagogos mais aspirem que ser admitidos no "País dos Saberes". Por isso sonham com a elevação da educação à dignidade de ciência, para poder ser admitidos nos círculos da ciência.

Haverá lógica em Baco? Em Lewis Carroll? Em Fernando Pessoa? Lembro-me de um conselho dado pelo professor Ubiratan d'Ambrosio, matemático. Num programa de TV, perguntado por alguém sobre o que fazer para aprender lógica, ele respondeu: "Leia poesia".

Existe uma lógica na marcha dos soldados. A lógica da marcha dos soldados nos coloca dentro das regras do mundo da consciência, as coisas que acontecem sobre a superfície do rio. Mas existe também uma lógica na dança. Ela nos faz mergulhar nas profundezas do corpo, aquilo a que a psicanálise chama pelo nome de inconsciente. "Há sempre alguma loucura no amor", dizia Zaratustra. "Mas há também sempre alguma razão na loucura."◈ Na dança das associações livres, as ideias se ligam umas às outras por amor. "Les mots font l'amour", disse André Breton.◈ E o amor não conhece distâncias. Toda metáfora é um salto sobre o abismo.

"As palavras e os sons, não são eles pontes iridescentes e etéreas entre coisas eternamente separadas? Os nomes e os sons não foram dados às coisas para que nós as achássemos mais refrescantes? A fala é uma deliciosa loucura. Por meio dela o homem dança sobre todas as coisas."◈

A forma que tomam as palavras movidas pela lógica do amor se chama poesia. O corpo fala a linguagem da poesia. O corpo só entende a linguagem da poesia.

◈ FN II (II), p. 580, *Assim falou Zaratustra*, primeira parte, "Sobre o ler e o escrever".

◈ Octavio Paz, *O arco e a lira*, p. 62.

◈ FN II (III), p. 737, *Assim falou Zaratustra*, terceira parte, "O convalescente".

As palavras do corpo se movem "ao sabor". Assim, quando elas vagueiam por lugares aparentemente sem sentido, dando saltos inesperados – você nunca se surpreendeu com uma ideia que aparece de repente, peixe que salta e rasga o contínuo fluir da superfície do rio-consciência? – quando elas vagueiam ao sabor (os saberes não vagueiam), elas seguem a lógica do desejo. Lógica é um jeito não arbitrário de passar de uma ideia a outra. Não existe arbitrariedade nos saltos do pensamento. O corpo está dançando, ao sabor, em busca do seu objeto...

Tales de Mileto◉ afirmava que "Tudo é um". Nietzsche escreveu sobre ele um ensaio no qual comenta o insólito dessa afirmação filosófica:

◉ denominado o pai da filosofia grega, c. 625-458 a.C.

"É notável a violência tirânica com que essa crença trata toda a empiria: exatamente em Tales se pode aprender como procedeu a filosofia, em todos os tempos, quando queria elevar-se ao seu alvo magicamente atraente, transpondo as cercas da experiência. Sobre leves esteios, ela salta para diante: a esperança e o pressentimento põem asas em seus pés. Pesadamente, o entendimento calculador arqueja em seu encalço e busca esteios melhores para também alcançar aquele alvo sedutor, ao qual sua companheira mais divina já chegou. Dir-se-ia ver dois andarilhos diante de um regato selvagem, que corre rodopiando as pedras: o primeiro, com pés ligeiros, salta por sobre ele, usando as pedras e apoiando-se nelas para lançar-se mais adiante, ainda que, atrás dele, afundem bruscamente nas profundezas. O outro, a todo instante, detém-se desamparado, precisa antes construir fundamentos que sustentem seu passo pesado e cauteloso; por vezes isso não dá resultado e, então, não há deus que possa auxiliá-lo a transpor o regato."◈

◈ *Pré-socráticos*, p. 17.

Há uma razão no andar cauteloso do andarilho que só se move sobre fundamentos sólidos, além de toda a dú-

◈ *Pré-socráticos*, p. 17.

◉ Sobre essa ruptura com a linguagem dos saberes, seu preço é ser excluído da confraria que a fala. O que define uma confraria – acadêmica, religiosa ou política – é sua linguagem. O uso ortodoxo dessa linguagem tem, como função primeira, não a comunicação de conhecimento novo, mas a função de confirmar que o falante "pertence" ao conjunto. Uma defesa de tese tem a função de decidir se o postulante pode ou não ser admitido na confraria. Não conheço ninguém que, havendo pertencido à confraria dos *scholars*, tenha rompido com ela de forma mais radical que Nietzsche. Nenhum dos seus livros seria aceito em nossas universidades sequer como tese de mestrado, muito embora seja possível escrever teses eruditas sobre eles, bastando, para isso, que o estilo selvagem de Nietzsche seja moído e "interpretado" pela linguagem ortodoxa. Referindo-se à sua experiência, ele diz o seguinte: *"Enquanto eu dormia, um carneiro comeu o meu diploma – comeu e disse, 'Zaratustra deixou de ser um 'scholar'.' Disse-o e se foi trotando,*

vida. Zaratustra chamou de "pequena razão" à lógica do andarilho. Mas há uma outra razão, "grande razão", que é o corpo. E a pequena razão é nada mais que "ferramenta e brinquedo" da grande razão. A pequena razão faz seus pensamentos marcharem como soldados numa parada – de forma metódica e ordenada, um passo depois do outro. Mas os pensamentos da grande razão não sabem marchar. Saltam sobre os abismos sem nenhuma certeza, movidos pelo poder de "uma potência alheia, ilógica, a fantasia". Pelo poder da fantasia, o pensamento "salta adiante, de possibilidade em possibilidade, que por um momento são tomadas por certezas; aqui e ali, ele mesmo apanha certezas em voo. Um pressentimento genial as mostra a ele e adivinha de longe que nesse ponto há certezas demonstráveis".◈

Muitos anos atrás, no momento mesmo em que desaprendi a linguagem dos saberes, eu fiz uma promessa.◉

A promessa que fiz: todos os livros que viesse a escrever no futuro teriam o nome de "Conversas...". Eu desejava precisamente isso: que eles não fossem mais que "conversas...". Conversa-se pelo prazer de conversar, o jogo das palavras, a brincadeira com as imagens. Sim, é claro que pensamentos vão sendo comunicados – mas o que caracteriza a conversa não é a comunicação de um conteúdo de informação, mas o jogo.

A conversa é uma metáfora dos jogos amorosos. Há quem pense que o objetivo dos jogos amorosos é o orgasmo; pelo menos com o orgasmo os jogos amorosos chegam ao fim. Outros pensam que o fim, além do orgasmo, é a fecundação. Mas os corpos dos amantes têm outras ideias. O objetivo do jogo amoroso é estar brincando. Na conversa, o objetivo não é o final, a comunicação de uma informação, é o prazer de estar indo. A caminho dos picos há vistas fascinantes. Desejo o prazer de "estar indo". O corpo se deleita na prática da linguagem, em si mesma. Sabedoria de Riobaldo: "O real não está na saída nem na chegada; ele se dispõe para a gente é no meio da travessia".◈

Uma conversa é um exercício num estilo de pensamento: nunca se sabe direito o que vai aparecer... Ao final do seu prefácio, Wittgenstein diz: "Eu não gostaria que as coisas que escrevo poupassem as outras pessoas de pensar. Ao contrário, se possível, gostaria de estimulá-las a pensar pensamentos que fossem delas mesmas."◈

O importante na conversa são os pensamentos que ela provoca e não as conclusões a que se chega. Uma sessão de psicanálise é conversa e não aula.

Se há uma coisa que é proibida num texto de saberes são as reticências. As reticências indicam que a caminhada não chegou ao fim. Mostram um caminho a ser seguido. São as reticências que dão vida a uma conversa: elas são a permissão e o convite para que o outro diga os seus pensamentos. Um texto de saber diz o *resultado* de um processo de pensamento. Uma conversa é o seu oposto. Um resultado colocaria um fim à conversa. A conversa é um movimento solto do pensamento e da fala – e, à medida que se conversa, pensamentos não pensados vão se intrometendo, mudando o curso da conversa, levando-a para um lado e para outro.

Essa "digressão" a que estou me entregando é proibida num texto de saber. Textos de saber proíbem que os autores se entreguem a confissões sobre os caminhos e descaminhos dos seus pensamentos antes de atingir o seu destino de conhecimento. O que se exige de um texto de saber é que o autor faça uma assepsia rigorosa nos seus materiais. Tudo aquilo que não diz respeito ao caminho em *linha reta*, que leva do problema inicial à conclusão, deve ir para a lixeira. Assim, as experiências malsucedidas, hipóteses equi-

arrogantemente. Isso foi uma criança que me contou. Gosto de me assentar aqui onde as crianças brincam, ao lado da parede em ruínas, entre os espinhos e as papoulas vermelhas. Para as crianças eu sou ainda um sábio, e também para os espinhos e as papoulas vermelhas" [FN II (II), p. 654, *Assim falou Zaratustra*].

◈ Guimarães Rosa, *Grande Sertão: veredas*, p. 52.

◈ Wittgenstein, *Philosophical Investigations*, p. x.

vocadas e erros vão para o lixo do esquecimento. É como se não tivessem acontecido.

É assim que se ensina ciência em nossas escolas. Os alunos aprendem a equação de 2º grau, mas não os caminhos e descaminhos do pensamento do matemático que a elaborou. Os professores ensinam as três leis dos movimentos dos planetas, de Kepler, mas nada falam sobre os caminhos fascinantes por onde errou o pensamento do astrônomo por dezoito anos. Pensa-se que o que importa é ensinar a conclusão verdadeira. Por que perder tempo com os equívocos? Não se percebe que, ao proceder assim, o aluno aprende o ponto de chegada sem aprender o caminho, a arte de pensar. Pensar é como escalar montanhas. Um alpinista recusaria o caminho rápido e seguro de chegar ao topo da montanha via helicóptero. O que ele deseja são os medos, os calafrios, os desafios da montanha. Assim, os alunos aprendem os resultados do pensamento e se tornam capazes de repeti-los. Tornam-se capazes de resolver exercícios. Mas não aprendem a arte de pensar. A arte de pensar se aprende seguindo-se o caminho que o pensamento realmente seguiu.

Fiquei paralisado porque fui "possuído". Fui "possuído" por um dos moradores do meu corpo, esse albergue...◉

◉ Sobre o corpo como albergue, leia a minha crônica "O albergue", em *O amor que acende a lua*.

Morador indesejável, que eu pensava definitivamente expulso. Trata-se de um demônio antigo que me fez sofrer muito. Num momento da minha vida livrei-me dele. Mas ele voltou. É o demônio do *scholar* que ainda mora em mim. Ele, valendo-se de um momento de distração, entrou em cena silenciosamente, apossou-se do meu eu e passou a me dar ordens. Minha paralisia é o corpo se recusando a obedecer a ordens que lhe são estranhas.

Quero voltar às ideias do corpo. Mais precisamente: quero voltar ao "jeito" do corpo, ao seu método.

Para começar, tenho de abandonar a ideia de um sistema. A palavra sistema vem do verbo grego *synistanai*, que quer dizer "colocar junto". Produzir um sistema – ainda que minúsculo – é juntar as peças do quebra-cabeça de forma que elas, encaixadas umas nas outras, digam uma única coisa.

Mas o corpo não pensa sob a forma de sistema. Os pensamentos do corpo não formam um sistema coeso. Divagam. Flutuam. Associações livres. Ele se deleita nas peças do quebra-cabeça, isoladamente, soltas, desencaixadas.

Numa carta escrita quando era ainda estudante, Nietzsche disse o seguinte: "Três coisas são minhas recreações, minhas raras recreações: o meu Schopenhauer, a música de Schumann e, finalmente, longas caminhadas."◈

◈ Walter Kaufmann, *Basic Writings of Nietzsche*, p. 705.

Eu e Nietzsche temos algo em comum: desejamos ser pianistas e fracassamos. Nietzsche chegou a compor. Enviou algumas de suas composições ao famoso pianista Hans von Büllow, que sugeriu que seria melhor que ele se dedicasse à filosofia. Tenho, inclusive, um disco de vinil com algumas de suas composiões. Tentei ouvi-las, mas logo, por pudor, desisti. Ficarão guardadas. Prefiro a música que ele faz com as palavras. O próprio Nietzsche reconhece que sua escritura é música.

"Fazendo as contas, alguns meses atrás, eu encontro, como presságio, uma mudança profunda e decisiva no meu gosto, especialmente em música. Talvez todo o Zaratustra deva ser considerado música; certamente uma de suas precondições é um novo nascimento na arte de escutar."◈

◈ FN III (II), p. 574, *Ecce Homo*.

A diferença entre Nietzsche e a grande maioria dos outros filósofos está em que estes só dão atenção à letra: eles lidam com o que pode ser dito e se calam sobre o resto, seguindo os conselhos tanto de Wittgenstein quanto de von Büllow: quem não sabe compor música deve se contentar em ouvir. Nietzsche vivia no limite do inefável, o lugar onde as palavras entram em colapso, restando apenas o recurso do silêncio e da poesia. Nietzsche conhecia os limites das palavras: "Tudo aquilo para que temos palavras é porque já ultrapassamos. Parece que a linguagem foi inventada apenas para aquilo que é média, medíocre."◈

◈ FN II (III), p. 1005, *O crepúsculo dos ídolos.*

Como eu também amo Schumann, procurei um dos CDs com a sua música "O carnaval, as cenas de infância, e as cenas da floresta", Claudio Arrau ao piano. Pequenas miniaturas: era isso que lhe dava prazer compor. A ideia de uma sinfonia lhe era dolorosa. Uma sinfonia está para o compositor assim como o sistema está para o filósofo: um gigantesco esforço para dizer um universo. Schumann preferia, em vez disso, pequenas visões, miniaturas, quase *haikais*, quadros, aparições. Schumann dá som às cores, faz os ouvidos ouvirem a luz. Daí o nome de *Cenas*, que poderia ter sido também aplicado ao *Carnaval*, pois o *Carnaval* é também uma coleção de visões, à semelhança dos *Quadros de uma exposição*, de Moussorgski. Segundo o próprio Schumann, esse gosto pelas miniaturas se devia ao seu amor por Clara Schumann, grande pianista – um amor que começou quando ela tinha apenas 15 anos. Pianista, ela passava muito tempo longe dele, em turnês. Numa carta que Schumann lhe escreveu, ele disse o seguinte:

"Descobri que nada aguça mais a imaginação que estar esperando e desejando alguma coisa, e esse tem sido o meu caso durante os últimos dias. Tenho estado esperando sua carta e, consequentemente, compus um punhado de coisas... Talvez isso seja um eco daquilo que você uma vez me disse, que por vezes eu me pareço com uma criança. De qualquer forma eu repentinamente tive uma inspiração e fiz, de um estalo, trinta pecinhas das quais selecionei doze e lhes dei o nome de *Cenas da infância* (*Kinderszenen*)..."◈

◈ CD *Schumann*, Philips, 432 676-2, 7.

O amor não suporta sistemas. Para se construir um sistema é preciso que não se esteja amando. Sistemas, querendo falar tudo, são obrigados a usar palavras vazias, palavras-bolso. Sistemas são tapeçarias feitas com bolsos vazios.◉ Mas não é possível amar bolsos vazios. Bolsos vazios são abstrações: abstrações não são para ser amadas; elas são para ser entendidas – razão por que os filósofos e cientistas as usam constantemente. O amor precisa de entidades sensórias, imagens. Os amantes escrevem como pintores. Quem pinta com palavras é poeta.◉

◉ A metáfora de "bolso" por "palavra" é do próprio Nietzsche: "Como se palavras não fossem bolsos dentro dos quais agora isso, agora aquilo foi colocado, e agora muitas coisas ao mesmo tempo!" [FN I (I) p. 893, *Humano, por demais humano*].

◉ Ah! O piano está agora tocando a miniatura "Chopin", do *Carnaval*. Sim, trata-se de um camafeu de marfim em que aparece, gravado em nostalgia, o perfil do compositor polonês...

Os títulos das cenas são reveladores: visões. Algumas amostras. Do *Carnaval*: Pierrot, Arlequim, Borboletas, Chopin, Estrela... Das *Cenas da infância*: Sobre terras e homens estranhos, Defronte à lareira, Estória curiosa, Cavalinho de pau... Das *Cenas da floresta*: Flor solitária, Pássaro profeta, Cenário alegre... Nietzsche se alegrava ouvindo Schumann. Certamente achava bonita a sua música. Mas não era só isso. Eles eram companheiros: pensavam/dançavam do mesmo jeito: Schumann, coreografia de sons. Nietzsche, coreografia de palavras.

O meu prazer de escrever também se encontra nas miniaturas. Gosto de escrever crônicas. As crônicas são instantâneos fotográficos. Schumann pintava suas cenas com sons. Eu tento pintar as cenas que vejo com palavras. Ao escrever minhas crônicas, sinto-me próximo de um poema de Alberto Caeiro:

As bolas de sabão que esta criança
Se entretém a largar de uma palhinha
São translucidamente uma filosofia toda.
Claras, inúteis e passageiras como a Natureza.
Algumas mal se veem no ar lúcido.
São como a brisa que passa e mal toca nas flores
E que só não sabemos que passa
Porque qualquer coisa se aligeira em nós
E aceita tudo mais nitidamente.◈

◈ Fernando Pessoa, *Obra poética*, p. 218.

Somente a razão pretende aprender o mundo como totalidade. O corpo só pode lidar com o mundo em pequenos pedaços. É precisamente por isso que ele é sábio. Nietzsche comparou a sabedoria à arte da degustação. Degustar é selecionar, escolher, dizer não, rejeitar. Não é possível provar todas as coisas ao mesmo tempo. Mas é claro que há também aqueles de estilo suíno, que desejam mastigar tudo e engolir tudo.

A razão é totalitária. O que ela deseja é dominar o objeto por meio da compreensão. O sistema é a gaiola dentro da qual a razão pretende engaiolar a vida. Não há pássaros soltos de voo imprevisto.

O corpo, ao contrário, deseja "fazer amor" com o seu objeto. Daí o seu "método" fragmentário: provar pequenos pedaços... A razão abraça o *universal*. O corpo brinca com o *particular*. Esse "método" fragmentário do corpo se deve ao fato de que ele é movido pelo amor. Não é possível fazer amor com a mulher universal, com o homem universal. Só se pode fazer amor com esta mulher, com este homem...

Nietzsche, que pensava os pensamentos que moram no corpo, tinha horror ao sistema. "Desconfio de todos os sistematizadores e os evito", ele dizia. "A vontade de construir um sistema é uma falta de integridade."◈ A razão é séria. Exige o sistema. O corpo é brincalhão. Ri da razão.

◈ FN III (II), p. 946, *O crepúsculo dos ídolos*.

Não consegui juntar as peças num todo completo. Poderia ter continuado a tentar. Mas o sofrimento que isso estava me causando era grande. Meu corpo protestou. O meu prazer está, precisamente, na coisa pequena, na cena, no fragmento, na fotografia, na bolha de sabão...

Vai, assim, este livro sem fim: cenas que o leitor poderá juntar, se quiser, ou poderá simplesmente degustar cada uma delas, separadamente. É um livro para se ler bovinamente, pastando, ruminando...

Albert Camus sonhava com o momento em que ele escrevesse com liberdade total, na orgia anárquica do corpo: "Quando tudo estiver acabado: escrever sem preocupação de ordem. Tudo o que me passar pela cabeça".◈ Ele não teve essa chance. Morreu antes. Eu estou tendo.

◈ Albert Camus, *Primeiros cadernos*, p. 427.

2 *Hoc est corpus meum*

... pois a minha carne é comida e o meu sangue é bebida. Aquele que come a minha carne e bebe o meu sangue mora em mim e eu nele...
João 6.54-55

Giuseppe Arcimboldi◉ foi um pintor único. Não conheço nenhum outro que se assemelhe a ele. Porque, para pintar um rosto, ele lançava mão de frutas, legumes, flores, peixes, aves, bichos, folhas e outras coisas. Tenho na minha cozinha uma reprodução de um dos seus quadros, denominado "Verão": é um rosto feito de alho, abobrinha, espiga de milho, nabo, beringela, ervilha, trigo, cerejas, peras, uvas, figos. Um outro quadro, denominado "Advogado" (alguns afirmam que se trata do rosto de Calvino), me cria a suspeita de que ele não gostava de advogados (ou de Calvino), pois o rosto resulta de uma combinação de uma galinha e uma perdiz depenadas junto com alguns peixes...◉

◉ Pintor italiano, nascido em Milão e falecido em Praga (c. 1527-1593).

◉ Um dos volumes da coleção Taschen é dedicado a Arcimboldi. Vale a pena comprar. É barato.

Jorge Luis Borges tinha 67 anos quando escreveu o seguinte: "Um homem se propõe a tarefa de esboçar o mundo. Ao longo dos anos, povoa um espaço com imagens de províncias, de reinos, de montanhas, de baías, de naves, de ilhas, de peixes, de habitações, de instrumentos, de astros, de cavalos e de pessoas. Pouco antes de morrer, descobre que esse paciente labirinto de linhas traça a imagem do seu rosto."◈

◈ Jorge Luis Borges, *O fazedor*, p. 102.

Borges escreveu durante toda a vida sobre os temas mais variados e quando o seu fim se aproximava percebeu que, sem que o desejasse, os objetos sobre os quais falou, juntos, eram o esboço do seu próprio rosto. Arcimboldi fazia uso consciente dos objetos mais estranhos para representar a figura humana. Borges, inconscientemente, fazia o mesmo, com palavras.

Tanto Arcimboldi quanto Borges desenham: um com legumes e frutas; outro com palavras. As linhas formam imagens. Imagens são entidades etéreas, sem substância, construídas com luz e cores. São dádivas ao olhar.

As palavras, etéreas, têm poderes muito maiores que o de simplesmente produzir imagens. Dizem que delas escorrem substâncias corpóreas. "Palavras e coisas sangram pela mesma ferida",◈ diz Octavio Paz. As palavras sangram? Sangram coisas? As palavras são sangue? Nietzsche achava que sim. "De tudo o que se escreveu eu somente amo aquilo que o homem escreveu com o seu próprio sangue. Escreve com sangue, e experimentarás que sangue é espírito."◈

Guimarães Rosa, o Nietzsche brasileiro, diz coisa parecida ao revelar o segredo da sua escritura: "Para se poder ser feiticeiro da palavra, para estudar a alquimia do sangue do coração humano, é preciso provir do sertão."◈

Literatura é mais que a produção de imagens oculares. Imagens são comida. Os olhos querem comer, querem ser boca. A tristeza dos olhos é que eles não podem comer tudo o que veem. A literatura se faz com imagens comestíveis que, depois de comidas, circulam no sangue. Literatura é feitiçaria que se faz com a alquimia do sangue.Disse e pouco depois morreu.◉

Os textos evangélicos oferecem uma teoria semelhante, afirmando a igualdade corpo = palavra, idêntica à fórmula nietzschiana sangue = espírito. Segundo o evangelho de João, o milagre da encarnação pode ser descrito como a transformação da palavra em corpo: "... e o Verbo se fez carne".

◈ Octavio Paz, *O arco e a lira*, p. 35.

◈ FN II (II), p. 579, *Assim falou Zaratustra*.

◈ "Literatura e vida", em *Arte em Revista*, ano I, nº 2, p. 15 e 13.

◉ Tenho uma teoria para explicar a morte de Guimarães Rosa aos 59 anos. Acho que os deuses, por prudência, acharam melhor matá-lo. Tiveram medo de que, se ele vivesse um pouco mais, acabaria por

A eucaristia é uma metamorfose alquímica pela qual uma substância é transformada em outra: o pão e o vinho se tornam carne e sangue. Quem come o pão e bebe o vinho come a carne e bebe o sangue. Eucaristia é antropofagia. A essa magia os teólogos medievais davam o nome de transubstanciação: uma substância se transforma em outra. Nietzsche e Guimarães Rosa falam sobre uma alquimia parecida em que o sangue é transformado em palavra. Quem lê bebe o sangue de quem escreveu. O ritual da leitura é, como a eucaristia, uma refeição antropofágica. Sabia disso Murilo Mendes quando escreveu: "No tempo em que eu não era antropófago, isto é, no tempo em que eu não devorava livros – e os livros não são homens, não contêm a substância, o próprio sangue do homem?"◈

Como o meu costume é ler os textos ao contrário, aquilo que os teólogos anunciaram como referindo-se a Deus eu anuncio como referindo-se às palavras, não sendo impensável que estejamos dizendo a mesma coisa, pois são os próprios textos sagrados que dizem que Deus é Palavra: a palavra tem os atributos da divindade.

Nas refeições antropofágicas, os mortos não eram devorados para matar a fome dos que comiam. Eram devorados porque eram admirados e amados. Meu amigo Carlos Rodrigues Brandão me revelou o horror que uma certa tribo indígena tem dos hábitos "civilizados" de enterrar os mortos, entregando os seus corpos para serem devorados pelos vermes. "Vocês odeiam os seus mortos; por isso os enterram", eles declaram. "Nós os amamos. Queremos que eles continuem vivos. Mas só existe uma forma de isso acontecer: se nós devorarmos a sua carne. Devorando sua carne eles continuarão a viver em nós."

Sendo devorado, as virtudes do morto passam a morar no corpo dos que o comeram. É isso que se acredita em relação ao ritual antropofágico da eucaristia: o sangue de

descobrir e comer do fruto da árvore da magia (sobre ela os textos sagrados nada falam), o que lhe daria então os poderes divinos de criar um outro universo com sua literatura. Pois é isso que são os deuses. Um criador de mundos nada mais é que um escritor que descobriu o segredo da feitiçaria.

◈ Murilo Mendes, *A idade do serrote*, p. 9.

Cristo é bebido e a sua carne é comida para que a vida que nele havia se transfira para aquele que comeu sua carne e bebeu o seu sangue. A psicanálise pensa igual. Ela diz que nós somos formados por meio de sucessivos atos antropofágicos: come-se um pedaço do pai, um pedaço da mãe, um pedaço de um herói, um pedaço de um vilão... Mas, com medo de ser identificada com práticas primitivas, ela preferiu abandonar a metáfora poética, colocando no seu lugar um conceito de reputação inquestionável: "introjeção". "Introjetar" quer dizer "colocar dentro". Mas "colocar dentro" não é idêntico a "comer"?◉

◉ Identificação, introjeção e incorporação é comer. A linguagem mais velha e mais verdadeira é a da boca: a base oral do ego. Mesmo no ato de ver há um processo ativo de introjeção: percepção é participar naquilo que é percebido (Fenichel); "tornamo-nos aquilo que contemplamos". Cf. Isaacs, "The Nature and Function of Phantasy", pp. 104-106, 109. Fenichel, *Scoptophilic Instinct and Identification*, pp. 379-381. Roheim, *Magic and Schizophrenia*, pp. 224-225. Freud, *Negation*. Norman O. Brown, *Love's Body*, p. 165. Veja esses versos de Ricardo Reis: "Em tudo quanto olhei fiquei em parte./ Com tudo quanto vi, se passa, passo. Nem distingue a memória/ Do que vi do que fui" (Fernando Pessoa, *Obra poética*, p. 282). Ao ver, o visto passa a ser parte de mim.

Disse tudo isso para explicar este livro.

Em primeiro lugar, ele é um retrato meu. As coisas que digo, tal como nas telas de Arcimboldi e na escritura de Borges, traçam as linhas do meu rosto.

Em segundo lugar, mais que uma imagem oferecida aos olhos, ele foi escrito com o meu sangue. Posso dizer do meu texto: *Hoc est corpus meum* – este é o meu corpo. Minhas substâncias: fantasias, humor, poesia, estórias, fragmentos de conhecimento, imagens, cenas, memórias... Não desejo que você simplesmente "entenda" o que escrevo. Entender é um ato racional. O que eu desejo é que o meu texto seja comido antropofagicamente. Quero que você sinta o meu "gosto". Nisto, eu e o Mário Quintana estamos de acordo:

Eu sonho com um poema
Cujas palavras sumarentas escorram
Como polpa de um fruto maduro em tua boca,
Um poema que te mate de amor
Antes mesmo que tu lhes saibas o misterioso sentido:
Basta provares o seu gosto...◈

◈ "Literatura e vida", em *Arte em Revista*, ano I, nº 2, p. 15 e 13.

Minha esperança é mágica. Desejo que os meus leitores, ao lerem os meus textos, fiquem com olhos semelhantes aos meus. Assim, eles verão o mundo da forma como eu o vejo – e as palavras se tornarão, então, desnecessárias. Se acham que desejar que os outros vejam o mundo com os meus olhos é pretensioso, digo que esse é o desejo embutido em tudo o que se chama arte. Cada tela é um convite para que o espectador veja o mundo com os olhos do pintor. A arte busca comunhão.

É preciso considerar a possibilidade de que minha carne e o meu sangue não agradem o seu paladar. Zaratustra dizia que, para certas pessoas, suas palavras seriam como fogo. "Eles pensariam que estavam devorando fogo e queimariam as suas bocas."◈ Pode ser que minhas palavras sejam simplesmente sem gosto ou de gosto ruim. Aí o ritual antropofágico não acontece...

◈ FN II (II), p. 356, *Assim falou Zaratustra.*

Minha escritura não é científica. A escritura científica busca a verdade. Mas a verdade, para ser verdade, tem de ser comível por todos, independentemente do gosto. O seu gosto não importa. Importa apenas a substância. Temperos são proibidos num texto científico. A ciência dispensa o processo de degustação. Degustação é coisa da sapiência. Se a sua dieta é feita apenas com textos científicos, e se você não tem disposição para tentar comidas diferentes, aconselho-o a não perder o seu tempo com este livro.

Mas, mesmo que você aprecie um menu mais variado, há sempre certos pratos que nos causam repugnância. Olhos de foca, petiscos apreciadíssimos pelos esquimós, eu não os comeria por nada deste mundo. Mas existe sempre a possibilidade de que aquilo que se pensava repulsivo talvez venha a ser um banquete delicioso, como foi o caso da festa de Babette. Tão delicioso que os convidados, velhos, azedos, amargos, invejosos, feios, mesquinhos, etc., no fim do banquete passaram por uma metamorfose e se transformaram todos em crianças. Esse é o meu desejo. Escrevo como quem cozinha...

3 As metamorfoses da velhice

ou "Depois de velho virei menino"

> A cobra que não consegue livrar-se de sua casca morre. O mesmo acontece com os espíritos que são impedidos de mudar as suas opiniões; eles deixam de ser espírito.
> Nietzsche

> Morre e transforma-te!
> Goethe

Matsuó Bashô◉ foi o mestre supremo dos *haikais*. Leminski, valendo-se de uma sugestão de Jorge Luis Borges, descreve um *haikai* como um objeto poético mínimo de peso intolerável.◈

◉ Matsuó Munefusa Bashô (1644-1694), poeta japonês nascido em Ueno, um dos grandes clássicos da literatura japonesa.

◈ Paulo Leminski, *Matsuo Bashô*, p. 7.

Esse é um dos mais famosos *haikais* de Bashô:

Casca oca:
a cigarra
cantou-se toda.

Bashô é apelido; significa "bananeira". Era a árvore favorita do poeta. Trata-se de uma árvore estranha: dá somente um cacho de bananas. Seu caule extremamente macio deve então ser cortado – o que pode ser feito com um único golpe de facão. Cortado o caule, de dentro do cepo velho nasce um broto que cresce e vira outra bananeira. Eu havia cortado várias bananeiras que impediam o acesso a uma cachoeira, em Pocinhos do Rio Verde. Algumas semanas depois voltei ao lugar, e esse *haikai* apareceu-me instantaneamente:

Bananeira cortada:
no cepo velho
um broto criança.

Entendi, então, a razão do gosto de Bashô pelas bananeiras: elas simbolizam a nova vida que brota sempre de dentro da vida velha, acabada. Foi isso que Bashô viu ao contemplar as cascas vazias das cigarras.

As cigarras são seres subterrâneos e silenciosos – algumas chegam a ficar dezessete anos enterradas sob a forma de larva. De repente saem da terra, arrebentam as cascas duras que as continham (eram ataúdes) e se tornam seres alados, cantantes. Antes mesmo de ter lido o *haikai* de Bashô colhi, no bosque onde caminho, algumas cascas vazias de cigarra e as coloquei num bonsai, no meu consultório: tinha esperança de que as pessoas entendessem aquele *haikai* sem palavras: seres subterrâneos podem se tornar seres alados!

As lagartas, cuja vida se resume em devorar as folhas sobre as quais se arrastam, após esgotarem essa fase rastejante e gastronômica entram num sarcófago que elas mesmas tecem, mergulham num sono profundo, e quando acordam não mais se reconhecem, tornaram-se uma outra coisa: seres coloridos, voantes de flor em flor, borboletas.

Metamorfoses... Acontecem sempre de repente – e, embora não pareça, somos nós, seres humanos, aqueles que passam por elas com mais facilidade. Nossos corpos são mais leves que os corpos dos animais. É que nossas cascas, diferentes das dos animais, são feitas com palavras, carne e palavras misturadas. Basta que as palavras se alterem para que o corpo se metamorfoseie num outro.

Eu mudei. Aconteceu comigo o mesmo que aconteceu com a cigarra. Um dia, contemplando telas de Monet, eu compreendi o que acontecera comigo. Monet era um pintor curioso: passava um dia inteiro no campo, da manhã até o cair da noite, pintando seguidas telas do mesmo monte de feno. Posso imaginar que o fazendeiro, ao fim do dia, lhe perguntasse as razões para pintar tantas vezes o *mesmo* monte de feno. E Monet lhe responderia: "Para as vacas é certo que o feno é o mesmo, porque elas desconhecem o gosto da luz. Mas eu sou pintor. Meus olhos comem luz. A luz é coisa mágica, que vai transformando as coisas, pelo poder de suas modulações. Um monte de feno sob a luz da manhã não é o mesmo sob a luz do crepúsculo."

Um monte de feno, essa coisa de substância definida que permanece a mesma através do tempo, não existia para Monet. Para ele, o monte de feno era um efêmero acontecimento que surgia quando a matéria bruta era tocada pela luz. A cada modulação da luz, a substância se metamorfoseava, o monte de feno se tornava outro – e era só essa transformação mágica operada pela luz que explicava suas múltiplas pinturas do monte de feno. Mencionei a palavra "transubstanciação", usada por teólogos medievais. Ao usá-la, eles indicavam a insubstancialidade da matéria. Bastava que a matéria fosse tocada por uma palavra mágica para que ela se transformasse numa outra substância. A filosofia de Monet é parecida. Para ele, o Ser não é fixo e estável. Ele existe apenas por um breve "momento" – único, efêmero –, o momento em que é tocado pela luz. Sua pintura era uma tentativa de capturar esse momento. Mudada a luz, o Ser se transformava em outro. Os montes de feno, as fachadas da catedral de Rouen, as ninfeias em flor, são variações sobre o mesmo tema, a efêmera epifania no ser, sob a magia da luz... E que melhor meio para se dizer essa ontologia do efêmero que a água? Assim pensou Heráclito, filósofo grego que falava sobre a impossibilidade de se entrar duas vezes no mesmo rio. E aos que, por medo de serem dissolvidos na água, se agarram ao rochedo de Ser imutável de Parmênides, Monet retrucaria: "É inútil. Tam-

◉ Sobre as ninfeias de Monet, não deixe de ler o maravilhoso ensaio que sobre elas escreveu Bachelard, o Monet da palavra. Gaston Bachelard, *O direito de sonhar*: "As ninfeias ou as surpresas de uma alvorada de verão", p. 3.

◉ Sören Kierkegaard, *Purity of Heart*, p. 33. Sören Kierkegaard, 1813-1855, filósofo dinamarquês, considerado por alguns como o fundador do existencialismo. Perguntado por um entrevistador se tinha algo contra os filósofos, Guimarães Rosa disse: "Tenho. A filosofia é a maldição do idioma. Mata a poesia, *desde que não venha de Kierkegaard ou Unamuno*" (*Arte em revista*, n. 2, p. 7).

bém os rochedos flutuam no mesmo rio de luz, do qual ninguém pode fugir". E, para prová-lo, pinta rochedos de pedra e penhascos ao mar, todos tão diáfanos e fugidios quanto os montes de feno.◉

As telas de Monet entraram no meu pensamento provocadas por uma estranha advertência que encontrei num texto de Kierkegaard. Trata-se de uma exigência que ele faz àqueles que escrevem. Ele diz: "A pessoa que fala sobre a vida humana, que muda com o decorrer dos anos, deve ter o cuidado de declarar a sua própria idade aos seus ouvintes."◉

Não conheço nenhum outro filósofo que tenha jamais feito declaração parecida. Quem diz coisa semelhante parece estar negando o próprio ideal do saber filosófico, que é a busca da verdade. A verdade independe das oscilações do ser do filósofo. Ela possui uma objetividade que a salva desse espelho líquido inquieto que é a subjetividade do pensador. A idade do matemático nada tem a ver com a verdade do seu teorema. Essa coisa que oscila com o tempo poderia ser, talvez, poesia, mas não filosofia. E seria precisamente isso que uma vaca diria a Monet, se a ela fosse dado o dom da fala. "Um monte de feno pela manhã é o mesmo monte de feno ao entardecer. A minha fome o comprova. E para a minha fome a luz não existe..." Boa ontologia escreveriam as vacas, se elas pensassem...

Imaginei então que, talvez, Kierkegaard estivesse mais próximo de Monet que dos filósofos. Ele sabia que o Ser é sensível à luz. Há, de fato, um Ser pornográfico, o Ser conhecível, que se desnuda sem pudor sob a luz do sol a pino, e a ele Descartes e seus seguidores têm dedicado as suas mais rigorosas investigações. Mas há um outro Ser que foge do excesso de luz. É o Ser amoroso. O amor precisa da luz das velas. O ser erótico prefere despir-se com pouca luz. "Parece que existem em nós cantos sombrios que toleram apenas uma luz bruxuleante",◈ disse Bachelard em *A chama de uma vela*, livro que é uma realização prática do conselho de Kierkegaard. Bachelard confessa a sua idade. Um jovem não poderia ter escrito aquele livro. É "diante da página branca colocada sobre a mesa na justa distância da minha lâmpada que, realmente, estou à *minha mesa de existência*. Tudo em volta de mim é repouso, é tranquilidade; meu ser só, meu ser que procura o ser... Mas será que ainda há tempo para mim...?".

◈ Bachelard, *A chama de uma vela*, p. 14.

Esta pergunta, "Será que ainda há tempo...?", é a pergunta de um homem que percebe que a vela está chegando ao fim. Os filósofos pensam sob a luz de lâmpadas fluorescentes. Os poetas pensam sob a luz de velas.

Faço a mesma pergunta: "Será que ainda há tempo?". Mudei. Mudaram-se os meus olhos. Passei a ver o mundo de forma diferente, banhado por uma luz crepuscular. As ideias que aparecem ao crepúsculo não são as mesmas que tivemos pela manhã. Esse livro deveria ser lido sob a luz das velas. Este livro é sobre a educação, vista sob a luz crepuscular.

Não sei se foi a velhice que abriu os meus olhos ou se ela, a velhice, simplesmente me deu coragem para dizer o que eu sempre vira e não dissera, por medo.

Vivi muito tempo no mundo acadêmico. O mundo acadêmico é um lugar perigoso. Dá medo. Nietzsche muito cedo se sentiu incapaz de respirar o seu ar. Sobre o perigo de se viver na universidade ele fez uso de metáforas sinistras:

"Eles se assentam frios na sombra fria: em tudo eles desejam ser apenas espectadores. Como aqueles que ficam nas ruas observando os passantes, eles esperam para observar os pensamentos que outros pensaram. [...] Eles se vigiam uns aos outros com atenção e desconfiança. Férteis em espertezas mesquinhas, eles ficam tocaiados esperando os que andam com pés trôpegos: como aranhas eles esperam."◈

◈ FN II (II), p. 655, *Assim falou Zaratustra*.

Durante muitos anos, não tive coragem para dizer o que eu sabia. Por medo. As inquisições não são monopólio das igrejas e não se fazem só com lenha e fogo. É muito difícil viver na universidade e continuar a cultivar os próprios pensamentos. É muito mais seguro ficar moendo os pensamentos dos outros. Na universidade é mais seguro falar sobre aquilo que outros falaram. Nietzsche percebia isso acontecendo nas universidades alemãs:

"Os eruditos que hoje em dia fazem pouco mais que comer livros [...] acabam por perder totalmente a capacidade de pensar por si mesmos. [...] Os eruditos gastam todas as suas energias dizendo Sim e Não, na crítica daquilo que outros pensaram – eles mesmos não pensam mais."◈

◈ FN III (II), p. 540, *Assim falou Zaratustra*.

Esse hábito, me parece, é uma decorrência da falta de coragem para pensar os próprios pensamentos. Somos dominados pelo fetichismo do livro. O que o livro diz tem de ser melhor que aquilo que penso. Schopenhauer advertiu os leitores de que, "quando lemos, outra pessoa pensa por nós: só repetimos o seu processo mental. [...] Daí se segue que aquele que lê muito ou quase o dia inteiro, e que nos intervalos se entretém com passatempos triviais, perde, paulatinamente, a capacidade de pensar por conta própria. Esse é o caso de muitos eruditos: leram até ficar estúpidos".◈

◈ Arthur Schopenhauer, *Über Lesen und Bücher – Sobre livros e leitura*, p. 17.

O método de justificar o que se diz por referência ao que outra pessoa escreveu em outro livro é característico da literatura teológica da Idade Média: o que o autor diz é verdade porque a mesma coisa foi escrita por outra autoridade, no passado.◉ Em outras palavras: o que eu digo está comprovado porque outro já disse.

◉ Há vestígios do método da autoridade nas citações em publicações científicas do tipo (Ferreira, 1987), (Nogueira, 1973).

É preciso coragem para dizer o que se pensa. "Mesmo o mais corajoso entre nós só raramente tem coragem para dizer aquilo que ele realmente conhece", observou Nietzsche.◈ Albert Camus, leitor de Nietzsche, acres-

◈ FN III (II), p. 943, *O crepúsculo dos ídolos*.

centou um detalhe sobre a hora em que a coragem chega: "Só tardiamente ganhamos a coragem de assumir aquilo que sabemos".◈ A coragem chega ao entardecer. A coragem chega na velhice. A velhice é a hora em que se ganha coragem para se dizer o que se soube sempre. É a hora da sabedoria. Hegel sabia disso e observou que "a coruja de Minerva só abre suas asas quando cai o crepúsculo". Mas a essa linda metáfora poética ele acrescenta uma nota pessimista: "Quando a filosofia pinta o seu cinza sobre o cinza, é porque uma forma de vida ficou velha. Por meio do cinza sobre o cinza da filosofia a vida não pode ser rejuvenescida, mas apenas compreendida."◉

Hegel acreditava em metamorfoses. Mas, fascinado pela ideia da história, ele só as via acontecendo em épocas históricas. O tempo da vida individual era muito insignificante para fazer diferença. Mas eu acredito nas metamorfoses no tempo da vida dos indivíduos. Metamorfoses e ressurreições. É por isso que escrevo.◉

Na velhice, o medo se vai porque não se tem mais nada a perder. A proximidade da morte nos dá um atributo dos deuses: nada de mais terrível nos pode ser feito.

Essa é a razão para a crença de que as palavras dos que vão morrer são sempre palavras verdadeiras. As últimas palavras dos moribundos devem ser as palavras da verdade! Camus fala de um homem que, ao se preparar para dizer as suas últimas palavras, descobriu que as tinha esquecido. Como não desejo que isto aconteça comigo, trato de dizê-las agora, enquanto me lembro delas. A proximidade da morte tem um efeito sapiencial: ela nos abre

◈ Albert Camus, *Primeiros cadernos*, p. 438.

◉ *A filosofia do direito*, p. 7. O "cinza sobre o cinza" é uma referência ao Fausto, de Goethe, onde está dito que "cinzenta é toda a teoria".

◉ Retomo a minha dúvida: se a velhice me deu novos olhos e passei a ver coisas que não via, ou se ela só me deu coragem para dizer o que eu sempre vira. Inclino-me pela segunda alternativa. O Riobaldo me mostrou que velhice não é isso a que normalmente damos o nome de velhice, algo que acontece quando os corpos vão sendo gastos pelo tempo. Velhice é algo que cresce por dentro, como parte de nós mesmos. "Toda saudade é uma espécie de velhice" – foi isso que ele disse. Isso explica que haja jovens e até mesmo crianças que, tendo vivido só um punhadinho de anos, já são velhos. A saudade pode nascer muito cedo. Muitos já nascem com ela. Saudade é uma carência de Ser, um dilaceramento. Esse era o caso do menino Miguilim que, segundo o narrador, todo dia "bebia um golinho de velhice", com a explicação de que, para ele, "os dias não cabiam dentro do tempo. Tudo era tarde" (João Guimarães Rosa, *Manuelzão e Miguilim*, pp. 60 e 77). Marguerite Duras afirmava: "Muito cedo na minha vida ficou tarde demais. Quando eu tinha dezoito anos já era tarde demais" (*A amante inglesa*, p. 7). Eliot não era menino. Já tinha 32 anos. Mas ninguém é velho com 32 anos. No entanto ele escrevia: "Aqui estou eu, um homem velho, num mês seco..." (T. S. Eliot, *The Complete Poems and Plays*, p. 21). Acho que me pareço com o Miguilim: nasci velho. Assim, eu já via, mas me calava por medo.

◈ Fernando Pessoa, *Obra poética*, p. 363.

os olhos para perceber o essencial. Há uma lucidez que só acontece quando a vela se apaga. "Estou hoje lúcido, como se estivesse para morrer", disse Fernando Pessoa.◈

4 O esquecimento: Barthes

ou "Me esqueci do sabido para me lembrar do esquecido"

Barthes, antes de ser um intelectual que admiro, é um homem que amo. Eu o amo porque somos parecidos. Sei disso sem nunca tê-lo visto. Tive, como um dos meus alunos, um jovem filósofo que fora aluno dele: Mathieu Calis. Mathieu me disse que gostava das minhas aulas porque eu me parecia com seu antigo mestre, tanto nas ideias quanto fisicamente. Mathieu, pouco depois, decidiu que sua vida não fazia sentido. Partiu.

Meu querido Roland Barthes passou por experiência semelhante à minha. Também queria ser igual à cigarra. Sua aula inaugural como professor da cadeira de semiologia literária do Collège de France é um texto herético e escandaloso que só pode ser compreendido como palavras de um homem a quem a velhice havia concedido lucidez e coragem para dizer aquilo que via sob a luz do crepúsculo.

No final de sua aula, Barthes conta a sua vida, faz a sua confissão de velhice e fala sobre as metamorfoses que a luz crepuscular operara sobre ele. Não há pessimismo no que diz. É como se fosse uma ressurreição – ficar jovem de novo.

"Portanto, se quero viver, devo esquecer que meu corpo é histórico, devo lançar-me na ilusão de que sou contemporâneo dos jovens corpos presentes, e não de meu próprio corpo, passado. Em síntese: periodicamente, devo renascer, fazer-me mais jovem do que sou. Com cinquenta e um anos, Michelet começava sua *vita nuova*: nova obra, novo amor. Mais idoso do que ele... eu também entro numa *vita nuova*... Empreendo, pois, o deixar-me levar pela força de toda força viva: o esquecimento. Há uma idade em que se ensina o que se sabe; mas vem em seguida outra, em que se ensina o que não se sabe: isso se chama pesquisar. Vem talvez agora a idade de uma outra experiência, a de desaprender, de deixar trabalhar o remanejamento imprevisível que o esquecimento impõe à sedimentação dos saberes, das culturas, das crenças que atravessamos."◈

◈ Roland Barthes, *Aula*, pp. 46-47.

"Há uma idade em que se ensina o que se sabe": esse é o início.

Assim é: os *professores* começam por ensinar saberes.

Ensinam primeiro os saberes sabidos, as coisas que, no transcorrer do tempo, foram aprendidas pelas gerações mais velhas, e que agora são transmitidas às gerações mais novas, como se fossem ferramentas em uma caixa. O ensino dos saberes é a transmissão de uma herança, caixa de ferramentas. O professor, ao ensinar, está dizendo: "Eu estou lhe dando aquilo que sei". Os saberes são transmitidos para que as novas gerações não tenham de começar sempre de novo, da estaca zero. Os velhos ensinam saberes para que os jovens possam começar a navegar a partir do porto onde eles chegaram. O que, para os velhos, foi porto de chegada, será para os jovens porto de partida: para que possam ir além deles mesmos.

"Mas vem em seguida outra, em que se ensina o que não se sabe."

Mas como é possível ensinar saberes que não sei?

O navegador voltou de suas viagens trazendo nas mãos os mapas que desenhara nos mares onde navegara. Mapas são metáforas do mundo dos saberes. São úteis. Neles encontramos as rotas a serem seguidas, caso se deseje.

Chegam os alunos. Desejam aprender os mares do mundo. O professor lhes mostra os seus mapas e fala sobre aquilo que sabe. Os alunos aprendem. Mas, de repente, um aluno inquieto aponta para um vazio indefinido, sem contornos, no mapa.

– Qual é o nome daquele mar? – ele pergunta. O professor responde:

– O nome daquele mar eu não sei. Nunca fui lá. Não o naveguei. Não o conheço. Por isso, nada tenho a dizer. É mar desconhecido, por navegar. Mas, com o que sei sobre os outros mares, vou lhe ensinar a se aventurar por mares desconhecidos: essa é a aventura suprema. Para isso nascemos..."◉

◉ O fascínio do mar desconhecido – o homem, navegante com seu pequeno barco, diante do mar imenso – esse é um tema que aparece nos escritores que mais amo. Nietzsche desejava ensinar esse fascínio aos seus discípulos: queria companheiros de aventura! "Sereis exilados de todas as terras paternas e maternas! Amareis a terra de vossos filhos: este amor será a vossa nova nobreza – a terra não descoberta, no mar mais distante. Que as vossas velas não se cansem de procurar esta terra! Aquele que descobriu a terra 'homem' descobriu também a terra 'o futuro do homem'. Agora sereis navegantes, corajosos e pacientes. [...] O mar está furioso. Muito bem, lobos do mar! O que, da terra paterna? Nosso leme nos leva para a terra dos nossos filhos. Lá, mais tempestuosa que o mar, em tempestade está a nossa grande nostalgia!" (FN II (II), pp. 724 e 733, *Assim falou Zaratustra*). O mesmo tema aparece na Cecília Meireles: "Para adiante! Para o mar largo! / Livrando o corpo da lição frágil da areia!/ Ao mar! Disciplina humana para a empresa da vida! [...] A solidez da terra, monótona,/ parece-nos fraca ilusão./ Queremos a ilusão do grande mar, multiplicada em suas malhas de perigo" (*Flor de poemas*, p. 104).

Ensinar o que não se sabe: "isso se chama pesquisar", diz Barthes tranquilamente. Ensinar a pesquisar: essa é uma das grandes alegrias do professor, somente comparável à do pai que vê o filho partindo sozinho como pássaro jovem que, pela primeira vez, se lança sobre o vazio com suas próprias asas. O professor vê o discípulo partindo para o desconhecido, para voltar com os mapas que ele mesmo irá fazer, de um mar onde ninguém mais esteve. É isso que deve ser uma pesquisa e uma tese: uma aventura por um mar que ninguém mais conhece.

Barthes diz, então, algo surpreendente: chegara a sua hora suprema, a hora do esquecimento. Chegara o tempo de desaprender os saberes que havia aprendido. Posso imaginar o espanto que essa declaração deve ter provo-

Quem se sente fascinado pelo mar acaba por descobrir as maneiras de construir barcos e de navegar. Se o mar não me fascina, se ele me dá medo, por que razão haveria de querer aprender a arte de construir barcos e de navegar? É o fascínio que acorda a inteligência. O conhecimento surge sempre do desafio, do desconhecido. Essa frase deveria estar escrita em algum livro de psicologia de aprendizagem. Pena que eles digam muito sobre a ciência de construir navios e nada sobre o fascínio de navegar...

cado no erudito público acadêmico presente à sua aula. Esquecer, desaprender: são o oposto daquilo que a educação tem proposto até agora. Educar é ensinar, somar saberes sobre fatos, acrescentar competências lógicas. Esquecer significa perder, abrir mão, deixar ir. E, na lógica banal da razão do cotidiano, esquecimento é sempre empobrecimento. Barthes aponta na direção oposta. Teria ficado senil?

Quem responde é o poeta T. S. Eliot, num curtíssimo-cortante aforismo: "Num país de fugitivos, aquele que anda na direção contrária parece estar fugindo".

Barthes caminha na direção contrária. Ele nos conduz a um outro mundo. Suspeito que tenha aprendido do taoísmo. Pois é isso que está lá dito, no poema de número XLVIII do *Tao-Te-Ching*:

Na busca do conhecimento a cada dia se soma algo.
Na busca do Caminho da Vida a cada dia se diminui algo.

Esquecer é diminuir; desaprender é diminuir.

Barthes não está sozinho em sua caminhada na direção contrária. Lichtenberg◉ tinha uma ideia parecida: "Atualmente procura-se divulgar a sabedoria por toda a parte: quem sabe se daqui a poucos séculos não haverá universidades destinadas a restabelecer a antiga ignorância?"◈

Alberto Caeiro é de opinião semelhante.

O essencial é saber ver –
Mas isso (triste de nós que trazemos a alma vestida!),
Isso exige um estudo profundo,
Uma aprendizagem de desaprender...

Procuro despir-me do que aprendi,
Procuro esquecer-me do modo de lembrar que me ensinaram,

◉ Georg Christoph Lichtenberg (1742-1799), filósofo e cientista alemão, precursor da moderna filosofia da linguagem. "Toda a nossa filosofia é uma correção dos usos da linguagem", com essa afirmação, adiantou-se ao que foi dito por Wittgenstein cerca de 150 anos depois. Lichtenberg era um dos poucos filósofos cuja leitura dava prazer a Nietzsche. Creio que elogio maior não pode existir.

◈ Citado por Murilo Mendes, *Transístor*, p. 155.

E raspar a tinta com que me pintaram os sentidos,
Desencaixotar as minhas emoções verdadeiras,
Desembrulhar-me e ser eu...◈

◈ Fernando Pessoa, *Obra poética*, pp. 217-226.

Por que Barthes se referia ao esquecimento como "a força da força viva?". Ele mesmo responde, mostrando que o esquecimento é um processo pelo qual o corpo "raspa" de sua pele as sedimentações operadas pelo passado, mortas, da mesma forma como o navegador raspa a craca marisca que grudou no casco do seu barco. Raspada a craca, o barco rejuvenesce. Encantam-me os eucaliptos velhos, suas cascas duras, rugosas, grossas, escuras, rachadas. Repentinamente elas se soltam: debaixo delas surge um eucalipto rejuvenescido, casca verde-creme, lisa, sobre ela a mão desliza com prazer. Nós, humanos, para renascer, temos de esquecer – abandonar a casca velha para que a nova apareça –, as cascas vazias das cigarras presas aos troncos das árvores são um passado subterrâneo que teve de ser abandonado para que o ser voante nascesse. A educação é um processo de sucessivas demãos de tinta sobre o corpo: cascas. O esquecimento e a desaprendizagem são as sucessivas raspagens em busca do esquecido.◉

◉ A psicanálise é uma pedagogia da desaprendizagem: é preciso esquecer os saberes sabidos (consciente), a fim de se lembrar dos saberes não sabidos. O consciente é a casca da cigarra que deve ser rompida para que o inconsciente voe. Várias foram as tentativas para se estabelecer uma pedagogia baseada na psicanálise, da mesma forma que se estabeleceu uma pedagogia baseada na psicologia. Parece que as tentativas redundaram em fracasso porque a psicanálise não é um saber operacionalizável. Mas, não sendo um saber, ela é uma sabedoria. Imagino que um livro de pedagogia psicanalítica deveria começar com a afirmação: "É preciso esquecer para lembrar".

Barthes fala em "deixar trabalhar o remanejamento imprevisível que o esquecimento impõe à sedimentação dos saberes, das culturas, das crenças que atravessamos", para então, "deixar-se levar pela força de toda força viva: o esquecimento".

Permitir o "remanejamento imprevisível" é deixar o sabido e lançar-se no mar desconhecido. "Deixar-se levar" significa abrir mão do controle, ir à deriva, ao sabor – naquela atitude a que o taoísmo dá o nome de *wu-wei*: cessar toda atividade de controle consciente para que a sabedoria natural da vida faça o seu trabalho. Para isso é preciso estar muito bem consigo mesmo. "O homem que está bem sabe como esquecer", dizia Nietzsche; "para isso, ele é forte o bastante".◈

◈ FN III (II), p. 1073, *Ecce Homo.*

As culturas e os saberes se sedimentam sobre o corpo – e é como se camadas de materiais estranhos lhe fossem acrescentadas: a craca de moluscos que gruda no casco dos barcos, as demãos de tinta com que a superfície vai sendo pintada... Enquanto nos lembramos e sabemos os saberes, o corpo dorme no esquecimento.◉

◉ Álvaro de Campos, num lamento, disse que ele era o intervalo entre os desejos dele e aquilo que os desejos dos outros haviam feito dele. Será isso a educação? O processo pelo qual as gerações mais velhas vão jogando as redes dos seus desejos, sob a forma de palavras, sobre as gerações mais novas? A educação vai cobrindo a nossa pele com sucessivas camadas de tinta. É preciso que a tinta seja raspada para que o corpo ressuscite. Desaprender e esquecer é raspar a tinta. Raspando-se a tinta volta-se ao corpo tal como ele era antes de ser enfeitiçado por palavras.

O que haverá para além do esquecimento e da desaprendizagem dos saberes? Acho que Descartes – uso o nome de Descartes apenas como símbolo da filosofia do consciente – ficaria perplexo com essa pergunta, e diria que, depois da desaprendizagem e do esquecimento, está o Nada, porque o Ser mora na consciência.

Barthes pensa diferente. Ele sabe que os saberes ocultam algo. Os saberes conscientes ocultam um outro mundo. Debaixo da fina superfície especular onde aparecem os reflexos do que se sabe estão as águas profundas do lago misterioso onde mora o que não se sabe. É preciso mergulhar...

Depois de desaprender os seus saberes, depois de se esquecer do que se lembrava – o que foi que Barthes viu?

5 Dos saberes aos sabores

Sapio: eu saboreio.

O ato de ver exige distância. O objeto deve estar longe para poder ser visto. Na visão, o objeto é exterior ao corpo. O objeto visto é o objeto que não se tem. Sem essa separação entre o olho que vê e o objeto que é visto não pode existir objetividade.

O objeto de contemplação pode me dar conhecimento. Pode me dar o prazer do belo. Mas ele está distante de mim. Não posso comê-lo. Não mata a minha fome. Não me dá vida. Sinto-me tentado a concordar com um axioma de inspiração psicanalítica que diz que "a grande tristeza na vida humana, que começa na infância e continua até a morte é que ver e comer são duas operações diferentes. A beatitude eterna (o mito de Fedro) é um estado em que ver é comer".◈

◈ Norman O. Brown, *Love's Body*, p. 167. O grande desejo dos poetas – seu sonho alquímico – é transformar o visível em comestível.

Barthes, ao afirmar que o envelhecimento o levara a cultivar a desaprendizagem dos saberes, confessou que ele aprendera, naquele momento de sua vida, que as dádivas dos olhos não lhe bastavam. Há um verso de T. S. Eliot que, creio, se aplica à experiência de Barthes: "E o fim de todas as nossas explorações será chegar ao lugar de onde partimos e conhecê-lo então pela primeira vez". Os caminhos da alma são circulares, voltam sempre ao princípio. Ao final de sua longa caminhada de toda a vida pelos caminhos da ciência, ele se descobre chegando ao lugar de onde partira: o lugar da criança. *Sapientia* é conhecer a vida pela boca. É assim que a criancinha conhece o mundo, misticamente, de olhos fechados, a boca sugando o seio da mãe. Seio: primeira e inesquecível metáfora para o mundo. O mundo tem de ser um objeto de deleite. "Nenhum poder, um pouco de saber, um pouco de sabedoria, e *o máximo de sabor possível*".◈ O *sabor* vive onde a visão morre: o contato. Os olhos são amantes apolíneos: sentem-se felizes em contemplar de longe o objeto amado. Mas a boca é dionisíaca: precisa *comer* o objeto amado...

◈ Roland Barthes, *Aula*, p. 47.

Barthes anuncia aos seus ouvintes perplexos que está abandonando os respeitáveis instrumentos da ciência. Deixou a sala de aula, lugar dos saberes. Está se transferindo para a cozinha, lugar dos sabores.

Há textos que se parecem com uma lisa superfície de gelo sobre a qual o leitor desliza. O pensamento se move fácil: tudo lhe é conhecido com familiaridade. Mas, ao final desse exercício de patinação sobre o conhecido, o pensamento continua o mesmo. Quando as palavras deslizam suavemente como um patinador sobre o gelo, é certo que nada de novo irá surgir. Ao final, tudo estará como sempre foi. Bem que Hegel advertiu de que "o que é conhecido com familiaridade não é, de fato, conhecido, pela simples razão de ser familiar".◈

◈ G. W. F. Hegel, *The Phenomenology of Mind*, p. 92.

Barthes, mestre nas sutilezas da psicanálise, sabia que a verdade aparece no *lapsus*, quando o familiar é rachado, quando o pensamento tropeça. O francês tem uma palavra para sabedoria. É *sagesse*, palavra familiar, conhecida por todos. Barthes poderia tê-la usado. Não o fez. Ao invés de *sagesse* usou *sapientia*, latim. Barthes usou o latim para provocar uma queda. *Sagesse*, sabedoria, todo mundo pensa saber o que é. Mas, na "encruzilhada da etimologia", ele encontra *sapientia*, que quer dizer *conhecimento saboroso*. *Sapere*, em latim, tem o duplo sentido de "saber" e "ter sabor". Essa duplicidade de sentidos está preservada e esquecida no português. O *Aurélio* registra, para o verbo "saber", ao lado do seu uso comum de "ter conhecimento", o uso já fora de moda de "ter o sabor de". Lembro-me do tempo em que se dizia: "Essa comida sabe bem", isso é, "essa comida é saborosa".

A "encruzilhada da etimologia" nos remete para o lugar onde os saberes do "eu" e os saberes do "corpo" entram em conflito, colidem, chocam-se.

O eu conhece com os olhos, vai vendo o mundo e dizendo o que sabe com ideias claras e distintas. O corpo, coisa viva, usa os olhos para ver os frutos à beira do caminho – ver para comer. Aí, quando come, lhe faltam palavras para comunicar os sabores dos frutos que come. Como dizer o gosto de um morango? A falta de clareza e distinção das palavras da *sapientia* não se deve a um defeito de comunicação que pode ser corrigido. Os sabores são, essencialmente, segredos, incomunicáveis. O objeto da *sapientia* está além das palavras.

Um enunciado científico *diz* um saber. Tudo o que precisa ser sabido se encontra no dito. A linguagem científica, dos saberes, não contém segredos. Posso confiar nas palavras, ficar com o que elas dizem. Devo tomá-las ao pé da letra, literalmente. Elas são fidedignas. O eu é a casa onde moram as palavras que não têm segredos. É com essas palavras que o eu é feito.

O corpo diz: "Isso é saboroso". Ouço, entendo as palavras. Sei o que elas significam. A despeito disso, continuo "sem saber", ou melhor, "sem sabor". Nada sei sobre o sabor do saboroso. Para o sabor não há palavras. "Isso é saboroso": essa afirmação não diz o sabor. O sabor não mora nela. Ela é usada como um ponto de exclamação e, ao mesmo tempo, como um dedo que aponta. Ela enuncia uma experiência de prazer e diz onde ele se encontra. As palavras do saber, ao contrário, contêm o seu objeto: o objeto do conhecimento é o seu enunciado. Na ciência, os saberes se fazem com palavras: artigos em periódicos. Assim, nas escolas, as provas se fazem com palavras. Os vestibulares, igualmente, são feitos com palavras. Passa quem sabe as palavras certas. Para os saberes, as palavras bastam. Escola não ensina o sabor. Não há formas de "avaliar" o sabor.

As palavras do sabor são bolsos vazios. Neles não há objetos que possam ser ditos. O sabor sempre fala sobre algo que não se encontra nas palavras. Para se saber o sabor do saboroso é preciso ir além das palavras, ao lugar em que o prazer acontece. Por isso não se pode nunca tomar as palavras do corpo "literalmente". Com as palavras do corpo há de se trabalhar sempre com aquilo a que Nietzsche deu o nome de "a arte da desconfiança". Essas palavras-bolso, cujo sentido está sempre fora delas, são o que se chama metáfora. Vale aqui o que disse Wittgenstein sobre sua própria filosofia: andaime. Andaimes cercam a casa, mas não são a casa. Construída a casa, desmontam-se os andaimes. Atingido o sabor, desmontam-se as palavras. O sabor mora no silêncio. As funduras do corpo estão além das palavras. Moram no silêncio. Os sabores são inefáveis, o prazer é inefável, não pode ser dito. "A ciência não pode calcular quantos cavalos de força existem nos encantos de um sabiá", disse Manoel de Barros.◈

◈ Manoel de Barros, *Livro sobre nada*, p. 53.

Ciência são as palavras que dizem um saber. *Sapientia* são as palavras que apontam para um sabor. A ciência é escada encostada na jabuticabeira. *Sapientia* são as palavras que seduzem quem nunca chupou jabuticaba a experimentá-la; elas "tentam" a pessoa a subir na escada e a comer o fruto. A serpente tentadora é o símbolo da sabedoria. Ela seduziu Adão e Eva a um sabor desconhecido.

Quando acabam as jabuticabas, a escada fica encostada na árvore, sem uso, esquecida, à espera. Escadas são construídas com saber. Jabuticabas são gozadas com sabor. Saberes moram nas palavras. Sabores moram além das palavras: na boca. Na boca, o objeto é gozado no presente, sem palavras. Descubro, então, um sentido filosófico enviesado para o maternal conselho de boas maneiras à mesa: "Não se deve falar de boca cheia...": é impossível dizer o gosto da comida. Gozando-se o sabor, as palavras tornam-se desnecessárias. As palavras, elas mesmas, estão sempre aquém do gozo.

Nietzsche assim resume o que foi dito:

"As nossas experiências verdadeiras não são tagarelas. Elas não poderiam se comunicar mesmo que quisessem. Isto é, falta-lhes a palavra. Tudo aquilo para que temos palavras é porque já fomos além. Em toda fala há uma pitada de desprezo. Parece que a linguagem foi inventada apenas para aquilo que é médio, comunicável."◈

◈ FN III (II), p. 451, *O crepúsculo dos ídolos*.

Com o que concorda Adélia Prado: "A palavra é disfarce de uma coisa mais grave, surda-muda, foi inventada para ser calada".◈

◈ Adélia Prado, *Poesia reunida*, p. 22.

Barthes confessa: "Até aqui construí escadas, construí saberes. Agora abandonei as escadas, abandonei os saberes. Dedico-me aos sabores das frutas que se encontram além da escada. Desejo agora ensinar os sabores. Mas os sabores não podem ser ditos. Ensinar sem falar: somente os taoístas conhecem essa arte impossível".

"O sábio vai por aí fazendo o nada, ensinando o não falar..."◈

◈ *Tao-Te-Ching*, poema II.

"Os que têm saber não são sábios; os que são sábios não têm saber".◈

◈ *Tao-Te-Ching*, poema LXXXI.

A confissão de Barthes é uma heresia acadêmica. Equivale a um rompimento com a ortodoxia filosófica. Trocou os olhos pela boca, trocou a visão pela degustação, trocou os saberes pelos sabores.

É bem sabido que os saberes derivam-se da visão. Bachelard nota que, desde os antigos gregos, "o pensar é sempre entendido como uma extensão da óptica, a visão exercendo forte hegemonia sobre os demais sentidos".◈

A ciência é uma criatura dos olhos. Surgiu como uma tecnologia para ver melhor. Esse é o sentido da palavra "teoria": no grego ela quer dizer "contemplar". Saber é ver. Nietzsche denunciou esse "vício da ocularidade" falando sobre os "percebedores puros", que são todos aqueles que pretendem ser "objetivos" na sua forma de conhecer o mundo. É assim que ele os descreve:◉

"'Isso deveria ser a coisa mais alta para a minha mente' – assim o seu espírito mentiroso fala para si mesmo – 'olhar para a vida sem desejo, e não como um cão, com a minha língua pendurada. Ser feliz em olhar, com uma vontade que morreu e sem o agarrar e o desejo do egoísmo, o corpo inteiro frio e reduzido a cinzas, mas com olhos bêbados iguais aos da lua. É disso que eu mais gostaria' – assim o seduzido se seduz a si mesmo – 'amar a terra da mesma forma como a lua a ama, tocar sua beleza só com os meus olhos. E isso é que a percepção imaculada de todas as coisas significará para mim: que eu nada desejo delas, exceto a permissão de ficar prostrado diante delas como um espelho com cem olhos.'"◈

Os objetos filosóficos são objetos de "contemplação". Nunca li, em qualquer filósofo ou teólogo, referência a qualquer coisa que se aproximasse de "degustação". "Degustar" um objeto filosófico? Essa palavra só pode aparecer num discurso filosófico como um "escorregão" poético...

Barthes fala sobre "o prazer do texto": "o texto tem de me dar prova *de que ele me deseja*. A escritura é isso: a ciên-

◈ *O direito de sonhar*, pp. XIII-XIV. Bachelard se deu conta da ditadura da visão em nossa tradição filosófica e a denunciou como o "vício da ocularidade" da ciência.

◉ Numa seção do *Assim falou Zaratustra*, intitulada "Sobre a imaculada percepção".

◈ FN II (II), p. 652, *Assim falou Zaratustra*.

cia das fruições da linguagem, seu kama-sutra". As palavras não se dirigem apenas ao eu pensante. Elas fazem algo com o corpo: dão-lhe prazer.◉

◉ Fruições da linguagem: "fruição" é derivado de "fruta". Usufruto, usufruir. Escritura como fruta: algo a ser comido não para alimentar, mas para ter prazer. Releia o poema do Mário Quintana.

Essa exigência do sabor do texto é a mesma exigência das cozinheiras ao preparar os seus pratos. A exigência de sabor faz Barthes abandonar os rigores da epistemologia e adotar as sutilezas de Babette... Suspeito que a cozinha seja a morada da *sapientia*...

Antes de Barthes, Nietzsche, meu filósofo mais querido, já tinha feito confissão semelhante. Zaratustra dizia amar aqueles "cuja cabeça é apenas as entranhas do coração".◈ "Entranhas", no alemão "*geweide*", que quer dizer intestinos, tripas, vísceras. As funções digestivas são metáfora das funções do pensar. Quem entende o comer e o digerir entende o que acontece na cabeça. Há uma pedagogia que se inspira na anatomia e na fisiologia do aparelho digestivo. Os professores deveriam tomar aulas de culinária.

◈ FN II (II), p. 557, *Assim falou Zaratustra*.

Nietzsche é um bufão. Acredita na função intelectual do riso. Ri-se do "espírito alemão". Diz que "a origem do espírito alemão se encontra em intestinos perturbados. O espírito alemão é uma indigestão".◈ Nietzsche pensa e escreve gastronomicamente. Seus textos não são idéias oferecidas ao eu. São sangue para o corpo beber. Lê-lo é uma experiência visceral: o corpo inteiro se mexe – mesmo quando não entende.

◈ FN III (II), p. 529, *Ecce Homo*.

Escrevendo sobre Tales de Mileto ele disse o seguinte:

"A palavra grega que designa o 'sábio' se prende, etimologicamente, a *sapio*, eu saboreio, *sapiens*, o degustador, *sisyphos*, o homem de gosto mais apurado; um apurado degustar e distinguir, um significativo discernimento, constitui, pois, [...] a arte peculiar do filósofo. [...] A ciência, sem essa seleção, sem esse refinamento de gosto, precipita-se sobre tudo o que é possível saber, na cega avidez de querer conhecer a qualquer preço; enquanto o pensar filosófico está sempre no rastro das coisas dignas de serem sabidas..."◈

◈ *Pré-socráticos*, p. 18, tradução de Ernildo Stein. FN III (III), p. 1.071, *A filosofia na época trágica dos gregos*.

Zaratustra: "Eu honro as línguas e estômagos recalcitrantes seletivos, que aprenderam a dizer 'eu' e 'sim' e 'não'. Mas mastigar e digerir tudo – essa é uma maneira suína".◈

◈ FN II (II), p. 716, *Assim falou Zaratustra*.

O refinamento de gosto torna o espírito seletivo: nem tudo é digno de ser comido. Digno de ser comido? Do ponto de vista do corpo, digno = gostoso, que dá prazer. Esse refinamento de gosto é a essência da "consciência crítica". Consciência crítica é aquela que discrimina, separa o digno do indigno, o gostoso do não gostoso. Consciência crítica é um outro nome para consciência erótica. Erótico é o nome que se dá ao corpo, quando ele sente as coisas em função do prazer que elas lhe causam. O corpo erótico é o juiz que julga as coisas: as gostosas são comidas, vão para dentro do corpo. As não gostosas são rejeitadas, ficam fora do corpo. A criancinha que mama já conhece a essência da sabedoria...

Minha filha estava se iniciando na literatura, na escola. O professor exigiu a leitura do obra de Stendhal, *O vermelho e o negro*, obra pesada, gosto ruim na boca, indigesta no estômago. Fiquei com medo de que ela identificasse literatura com jiló. Jiló é bom, mas só para os gostos mais desenvolvidos e versáteis. Escrevi ao professor, lembrando-lhe o dito de Borges de que não há razão alguma para se ler um livro que não dá prazer se há tantos que dão prazer. Sugeri-lhe alternativas mais saborosas. Ele se justificou dizendo: "O meu objetivo é criar uma consciência crítica". Com isso ele revelou sua posição política; a esquerda se parece com o espírito alemão, identifica consciência crítica com intestinos perturbados. A consciência crítica da esquerda é sempre a consciência infeliz: padece de indigestão crônica. Para Nietzsche, ao contrário, a consciência crítica é aquela que busca o prazer. É o prazer que nos ensina a discriminar. O gostoso é engolido; o não gostoso é cuspido para fora.

Ah! Que imagem deliciosa do cientista, essa criatura que come tudo o que vê à sua frente, sem fazer discriminação. É claro que esse filósofo de boca seletiva e estômago recalcitrante que Nietzsche contrapõe ao cientista, em função dos seus hábitos alimentares, não é o filósofo acadêmico, em tudo igual ao cientista, e que era objeto do seu desprezo. "Sou um discípulo do filósofo Dionísio", ele diz no início de *Ecce Homo*.◈ Dionísio, filósofo? O Sátiro, filósofo? Dionísio é a filosofia do corpo inteiro, por oposição a Apolo, que sente só com os olhos, filosofia ocular. "Qual é o sentido dos opostos conceptuais que introduzi na estética, apolíneo e dionisíaco, ambos concebidos como um tipo de êxtase? O êxtase apolíneo excita o olho, antes de mais nada... No estado dionisíaco, todo o sistema afetivo é excitado e aumentado..."◈

◈ FN III (II), p. 511.

◈ FN III (II), p. 442, *O crepúsculo dos ídolos*.

Imagino os dois, o filósofo nietzschiano, discípulo de Dionísio, e o cientista, acompanhado do seu colega filósofo acadêmico, diante de um bufê. Passam o cientista e o filósofo acadêmico. Dizem: "Se é possível de ser transformado em comida, deve ser comido. Se é possível ser pensado, deve ser transformado em tese". A pergunta: "É digno de ser comido?" – ou "O que é gostoso? O que não é gostoso?" – não é levantada. Basta que a coisa possa ser preparada segundo a culinária ortodoxa, a que se dá o nome de "método". Assim são as teses. Se foram preparadas com o método certo – não importa que o resultado seja um suflê de losna –, ele é comido por todos os membros da banca examinadora e aprovado. Enquanto o filósofo nietzschiano, antes de escolher qualquer coisa, pergunta ao corpo: "O que é que você deseja comer?". Somente o corpo pode separar o digno do indigno. "Somente lhe são saborosas as coisas que lhe são boas."◈ Os sábios só aprovam com a

◈ FN III (II), p. 518, *Ecce Homo*.

cabeça depois de provar com o corpo. Barthes desaprende e esquece a fim de se tornar sábio, aquele que degusta o mundo.

Agora, esquecido e desaprendido, adota a ontologia das cozinheiras. Mas que absurdo é esse, dizer que cozinheiras têm ontologia, como se elas fossem filósofas?! Aí eu invoco o testemunho de Peirce, filósofo de rigor lógico inquestionável, para explicar para os desentendidos o que estou dizendo. No seu ensaio sobre "Como tornar as nossas ideias claras", ele afirma o seguinte:

"Nossa ideia de qualquer coisa é nossa ideia dos seus efeitos sensíveis. (Assim) considere quais efeitos que possivelmente possam ter consequências práticas, que nós imaginamos que o objeto em questão tenha. Então, nossa concepção desses efeitos é a totalidade da nossa concepção do objeto."◈

◈ Charles Sanders Peirce, "How to Make our Ideas Clear", in Buchler, J. (org.), *Philosophical Writings of Peirce*, p. 31.

As cozinheiras trabalham com efeitos sensíveis: o prato tem de ser gostoso; o prato tem de ser cheiroso; o prato tem de ser bonito (a função do urucum, colorau, é só pintar de vermelho); o prato tem de ser excitante ao tato – por isso a pimenta, por isso o cuidado para que não fique nem duro demais nem mole demais. Quando uma cozinheira pensa-cozinha ela leva em consideração a totalidade dos efeitos práticos que o prato que ela está preparando irá ter sobre aquele que vai degustá-lo. Ela pensa a partir da boca, elabora uma ontologia do gosto.◉

◉ Lutero, teologando, dizia: "Conhecer a Cristo é conhecer os seus benefícios". A cozinheira diz: "Conhecer uma comida é conhecer o seu gosto".

Ontologia culinária: o objeto é aquilo que a boca degusta. O objeto é o gosto que ele tem. Para o corpo, o objeto é a excitação que ele provoca sobre ele, sob a forma de gosto. Se Kant tivesse aprendido com as cozinheiras, o texto ocular que escreveu na *Crítica da razão pura* teria sido escrito de outra forma:

"O que os objetos são, neles mesmos, fora da forma como são degustados pela nossa boca, permanece completamente desconhecido para nós. Nada conhecemos a não ser o seu gosto – um gosto que nos é peculiar e não necessariamente compartilhado por todos os seres."◉

Mas não só do gosto. Todos os outros sentidos, sob a primazia da boca, se juntam para produzir o prato imaginado.

◉ O texto de Kant, na *Crítica da razão pura*, diz o seguinte: "O que os objetos são, em si mesmos, fora da maneira como a nossa sensibilidade os recebe, permanece totalmente desconhecido para nós. Não conhecemos coisa alguma a não ser o nosso modo de perceber tais objetos – um modo que nos é peculiar e não necessariamente compartilhado por todos os seres...". *Crítica da razão pura*, p. 54.

6 Os saberes do corpo

ou "Tornei-me discípulo do corpo"

E o fim de todas as nossas explorações será chegar ao lugar de onde saímos e conhecê-lo então pela primeira vez.
T. S. Eliot

A velhice deu a Barthes a coragem para dizer aquilo que ele sempre soubera: que os saberes, frequentemente, são as sepulturas da sabedoria. Sabedoria não é aquilo que se obtém pela adição de saberes. O sábio que escreveu o *Tao-Te-Ching*, há séculos, já tinha percebido isso: "Os que têm saber não são sábios; os que são sábios não têm saber".◈ As universidades estão cheias de eruditos tolos. Por outro lado, conheço pessoas sem diploma que são sábias.

◈ *Tao-Te-Ching*, poema LXXXI.

A diferença entre elas?

As pessoas que têm saberes, cientistas e similares, têm conhecimento do mundo e têm poder para agir sobre ele, porque *saber é poder*. São muito importantes. Para se cozinhar é preciso que exista a ciência dos fogos, dos utensílios, dos ingredientes, das panelas.

Os conhecimentos nos dão meios para viver.

A sabedoria nos dá razões para viver.

Sábias são as pessoas que sabem viver. Tolo é aquele que, tendo defendido tese sobre barcos e mapas, não sonha com horizontes, não planeja viagens, não imagina portos.

Anda sempre em terra firme por medo de naufrágio.

Os programas de escola por que nossas crianças e adolescentes têm de passar são cadeias de saberes. Mas onde se encontra a sabedoria? Ausente. Sabedoria não é saber científico. Não cai no vestibular. Ela não pode ser avaliada em testes de múltipla escolha.

Os poetas estão dentre os poucos que percebem que a sabedoria foi enterrada pelos saberes.

Manoel de Barros, poeta-sábio do Mato Grosso, percebeu e disse isso de maneira simples e alegre.

A ciência pode classificar e nomear os órgãos de um sabiá
mas não pode medir seus encantos.
Quem acumula muita informação perde o condão de
adivinhar: divinare.
Os sabiás divinam.
[...]
Sábio é o que adivinha.◈

◈ Manoel de Barros, *Livro sobre nada*, pp. 53, 68.

Os escritos do Manoel de Barros são para serem ditos na roda da conversa fiada, preferivelmente perto das crianças e das "latrinas desprezadas que servem para ter grilos dentro" que "podem um dia milagrar violetas".◈ Manoel de Barros tem horror ao solene e até inventou um método infalível para limpar a solenidade das palavras. Quem quiser saber a receita, ela se encontra à página 43 (na edição que tenho comigo) do dito livro. T. S. Eliot era diferente. Não conseguiu chegar ao grau de acriançamento atingido por Manoel de Barros. O que ele escreve, parece que é para ser dito em catedral gótica. Deixando de lado essas diferenças, o fato é que eles concordam sobre a perda da sabedoria por causa da ciência.

◈ Manoel de Barros, *Livro sobre nada*, p. 57.

A Áquila paira no topo dos Céus,

O Órion, com seus cães, percorre o seu circuito.
Ó revolução perpétua de estrelas fixas,
Ó eterno retorno das mesmas estações,
Ó mundo de primavera e outono, de nascer e morrer!
O círculo sem fim de ideia e ação,
De invenção sem fim, de experimentação sem fim,
Traz conhecimento do movimento, mas não da tranquilidade;
Conhecimento da língua mas não do silêncio;
Conhecimento de palavras, e ignorância da Palavra.
Todo o nosso conhecimento nos leva mais próximos da
nossa ignorância,
Toda a nossa ignorância nos leva para mais perto da morte,
Mas uma proximidade da morte que não é proximidade
de Deus.
Onde está a vida que perdemos no viver?
Onde está a sabedoria que perdemos no conhecimento?
Onde está o conhecimento que perdemos na informação?
Os círculos dos Céus em vinte séculos
Levam-nos para mais longe de Deus e para mais perto
do pó.◉

◉ *The Complete Poems and Plays*, p. 96, minha tradução. A tradução brasileira se equivoca completamente sobre o sentido desse poema. Ela diz: "A Águia paira sobre os píncaros do Céu, / O Caçador com seus cães rastreia-lhe o trajeto" (T. S. Eliot, *Poesia*, p. 175). Ao ler essas duas frases, o que é que você vê? Vê uma ave, águia, voando muito alto, e um caçador caçando com seus cães. Mas Eliot está se referindo a constelações de estrelas. "Eagle" é a constelação "Áquila", o caçador é a constelação "Órion" e os cães são as constelações "Cão maior" e "Cão menor"... Tradutor, traidor...

A consciência é uma superfície. A superfície de um lago. Ela reflete as nuvens, o céu, as árvores que crescem à sua margem, e mesmo os pássaros no seu voo rápido. Superfície – espelho.

Na consciência, superfície do lago, vivem os saberes. Saberes são reflexos do que existe lá fora, no mundo: eles nos dão a ciência do mundo. A ciência é a totalidade das imagens do mundo que aparecem refletidas na superfície da consciência. É aí que nascem as palavras de que se vale a ciência – os conceitos. No mundo da ciência e da filosofia, os conceitos são imagens especulares (especular, de *speculum*, espelho) da realidade.

Mas os reflexos têm o efeito de tornar invisíveis as criaturas das profundezas. Quanto mais perfeito o espelho, quanto mais visíveis as coisas que ele reflete, tanto mais invisíveis as criaturas que nadam nas funduras do lago. Note o parentesco entre reflexo, coisa de espelho, e reflexão, coisa de pensamento: reflexão é pensar os reflexos.

Mas aí o nadador mergulha nas profundezas das águas – e um outro mundo, completamente diferente, aparece: peixes coloridos, algas, plantas, restos de naufrágio. Mundo que a clareza e distinção dos reflexos, conceitos, não deixava ver. É um mundo que só se torna visível quando se rompe a superfície.

As águas profundas são o corpo. A psicanálise fala de "inconsciente". O inconsciente é o lugar onde mora a sabedoria, os saberes que o corpo sabe sem que deles a consciência tenha consciência. Por isso, eles não podem ser ditos. Na profundeza das águas, tudo é silêncio. A sabedoria do corpo não pode ser dita com palavras-conceito. Ela só pode ser sugerida por meio de metáforas. "Melhor que nomear é aludir. Verso não precisa dar noção."◈

◈ Manoel de Barros, *Livro sobre nada*, p. 68.

As metáforas, juntas, fazem a poesia. Poemas são peixes que nadam nas profundezas. É na profundeza das águas que os poetas os contemplam. Poetas são seres submarinos. Eliot dizia que o seu olhar era submarino... Poemas são a fala da fundura das águas, que os reflexos da superfície não deixam ver.

Os conceitos, a ciência os testa comparando-os com os reflexos. Se se conclui, ainda que provisoriamente, que o conceito é uma cópia fiel do reflexo, diz-se que ele é verdadeiro.

Mas as metáforas? Como são elas testadas?

Disse que não existe relação entre saberes e sabedoria, *sapientia*. Psicólogos, detentores dos saberes sobre o comportamento e as emoções, não são, por causa disto, mais sábios como pais. Frequentemente os muitos saberes da ciência tornam inacessível a sabedoria que mora no corpo. O excesso de informações faz o corpo tropeçar. Lembra-se? "Quem acumula muita informação perde o condão de adivinhar."

Os pedagogos, estudados nos saberes das várias teorias sobre o ensino e a aprendizagem, não são, por causa disto, educadores mais sábios. A ciência do ensino e da aprendizagem não faz melhores educadores – embora seja uma ferramenta preciosa para aqueles que já nasceram educadores.

Pianos Steinway não fazem pianistas, embora sejam indispensáveis àqueles a quem os deuses deram a graça de serem pianistas, por nascimento, antes de frequentarem qualquer conservatório.◉

◉ Leia o artigo "O que é científico?", em meu livro *Entre a ciência e a sapiência.*

Também os conhecimentos da teoria psicanalítica não fazem terapeutas. Encontrei-me com um médico recém-formado – estava fazendo residência em psiquiatria no Hospital das Clínicas. Perguntei-lhe sobre a experiência. "Estou aprendendo muito", ele me disse. "Ontem foi uma velhinha que me ensinou." Antes de examiná-la, foi ela quem tomou a iniciativa:

– Doutor, antes que o senhor faça qualquer coisa comigo, eu quero lhe fazer duas perguntas.

– Pode fazer – o meu amigo respondeu.

– O senhor é dos médicos que dão remédio ou é dos que só falam, para curar? (Ela sabia, sem saber, distinguir perfeitamente um psiquiatra de um psicanalista).

– Eu sou dos que só falam para curar – ele respondeu.

– Agora, a outra pergunta: essa fala que cura – ela é aprendida na escola ou ela é graça?

Graça é uma palavra religiosa. Ela se refere a algo que simplesmente existe, sem que nada tivéssemos feito para produzi-la. A velhinha perguntava: essa fala, ela é ciência, coisa que os homens aprendem? Ou ela é um dom, sabedoria que nasce com a pessoa?

Existe um saber que mora no corpo, saber que existe antes de poder ser dito em palavras. Como disse Guimarães Rosa: "O que um dia eu vou saber, não sabendo, eu já sabia". Confirmado por Riobaldo: "O corpo não traslada, mas muito sabe, adivinha se não entende...". E por Zaratustra: "Há mais razão no seu corpo que na sua melhor sabedoria".

Saberes e ciência: nós os recolhemos de fora. Lançamos as redes da ciência e os seus métodos sobre o mundo e elas vêm cheias de saberes. Novidades até então ignoradas. Quem sabe ciência sabe o mundo.

Sabedoria: não pode ser pescada com as redes que a ciência lança sobre o mundo porque não é lá que ela mora. Ela mora no corpo. Não vem de fora, porque não se trata de um saber sobre o mundo. Brota de dentro – como se fosse uma fonte –, é o saber sem palavras do corpo sobre o seu próprio destino. Ela está no corpo do nenezinho que suga o seio materno. O nenezinho, sem saber, já sabe a razão de sua vida. A sabedoria é o corpo dizendo para si mesmo as suas razões para viver.

A sabedoria não pode ser produzida. Não pode ser ensinada. Ela é a voz do corpo. Ela dorme, inconsciente, como na estória da Bela Adormecida. Pode ser despertada, lembrada. (Um beijo de amor a fará despertar! Educadores: guardem isso!) Também, foram tantos os saberes que se acumularam sobre ele, o corpo; tantas as demãos de tinta com que o pintaram! Era inevitável que os saberes sepultassem a sabedoria.

Conta-se que, um dia, um gafanhoto encontrou-se com uma centopeia que descansava no meio da folhagem.

– Dona Centopeia, eu tenho pela senhora a maior admiração. Deus Todo-Poderoso me deu apenas seis pernas. Para a senhora ele deu cem. Assombra-me a elegância tranquila do seu andar. Todas se movem na ordem certa.

Jamais vi uma centopeia tropeçar. Mas, por isso mesmo, tenho uma curiosidade: quando a senhora vai começar a andar, qual é a perna que a senhora mexe primeiro?

– Obrigada pelos elogios, senhor Gafanhoto – respondeu a Centopeia. – Sua pergunta é muito interessante porque eu mesma, até hoje, nunca pensei no assunto. Sempre andei sem pensar. Perdoe minha ignorância. Jamais fui à escola do andar certo. Não fui conscientizada. Andei sempre um andar ignorante. Mas agora vou prestar atenção...

Conta-se que, desde esse dia, a Centopeia ficou paralítica.

Se a vida dependesse do nosso saber consciente, há muito ela teria desaparecido. Todas as coisas vivas sabem sem saber. Sabe a aranha tecer sua teia sem ter aprendido. Sabe o joão-de-barro fazer sua casa sem ter ido à escola. Sabe o corpo da grávida fazer a criança sem ter lido livros de embriologia. Se o beija-flor tivesse de pensar para bater suas asas, jamais voaria. Pianista bom não pensa no que está tocando. Só podemos falar porque, no ato de falar, nada sabemos de gramática. A fala veio antes. O saber gramático veio depois. O saber é sempre posterior à sabedoria.◉

Há coisas que a gente só faz bem se não pensar no que está fazendo: andar, subir escada, andar de bicicleta, fazer amor. Se, ao executar qualquer dessas atividades, a gente pensar, há sempre o perigo de acontecer a "síndrome da Centopeia". Sei de poetas que, depois de estudarem gramática, ficaram impotentes para escrever poesia. Os orientais falam de uma disciplina chamada "meditação". Para os ocidentais, meditar é pensar. Para os orientais, é parar de pensar: produzir o vazio, a ausência de saberes, para fazer lugar

◉ Tive, dias atrás, uma experiência de iluminação provocada por uma vaca. Saí de minha casa, em Pocinhos do Rio Verde, para ir à casa do meu amigo Carlos Rodrigues Brandão. O carro ia pela estrada de terra até ser obrigado a parar por um bando de vacas. Carro faz barulho e os faróis estavam acesos. Uma galinha teria percebido a situação e teria saído da estrada. Não as vacas. Continuaram tranquilamente a ruminar, imperturbáveis, como se o carro não estivesse ali. Buzinei, inutilmente. Bati com a mão na lataria da porta. Elas não se mexeram. Resolvi, então, ir delicadamente encostando o parachoque do carro nas pernas das vacas. Então elas se deram conta da presença do objeto estranho que queria passar. Começaram a se mover sem se apressar. Até que, ao passar pela última vaca, ela, num gesto de desprezo, expeliu seu bolo mole-verde, que respingou na minha barba. Fiquei indignado. "Animais estúpidos", pensei. "Em circos já vi elefantes amestrados, focas, cães, tigres, ursos, cavalos, macacos. Nunca vi uma vaca. Prova da sua estupidez." Cartesianamente, meditei: "Se o ser das vacas está no que elas pensam, então elas não têm ser". Aí me veio outra ideia: "Mas as vacas são uma fantástica usina bioquímica. O corpo das vacas sabe transformar capim em leite, sabe transformar capim em carne. E, além disso, sabem fazer bezerros...". É, o corpo das vacas sabe infinitamente mais do que elas sabem...

para o saber do corpo. Os místicos, orientais e ocidentais, procuravam o vazio para ter a experiência de iluminação. Isso é incompreensível aos ocidentais. Mas Freud percebeu que, mesmo contra a vontade, o vazio acontece repentinamente: a isso ele deu o nome de *lapsus* – que quer dizer queda, trambolhão: de repente, a rede de palavras que o consciente teceu se rasga, e por esse vão salta um peixe desconhecido: a fala do corpo.

O esquecimento e a desaprendizagem de Barthes correspondem à meditação dos orientais. Pascal disse o famoso "o coração tem razões que a própria razão desconhece". Parafraseio: o corpo tem saberes que a cabeça desconhece. Ou, nas palavras do próprio Barthes: "meu corpo não tem as mesmas ideias que eu".◈

◈ Roland Barthes, *O prazer do texto*, p. 26.

7 O corpo: ele sabe sem saber

ou "Por uma pedagogia da inconsciência"

O corpo não traslada, mas muito sabe, adivinha se não entende.
Riobaldo

O que vou saber, sem saber, eu já sabia.
Guimarães Rosa

Nossa pedagogia se baseia na consciência. A consciência é a sua morada. Meu querido amigo Paulo Freire batizou a palavra "conscientização". O Paulo, embora fosse criticado como romântico, era, como filósofo da educação, um homem do iluminismo. Acreditava que o ser mora na consciência: essa é a razão por que é preciso conscientizar.◉

◉ Assim como Paulo (eu o trato assim, com familiaridade, porque éramos amigos), toda a esquerda é cartesiana, acredita nos poderes da razão, argumenta com ideias claras e distintas. Por oposição, são os nazismos, os fascismos e a propaganda que se movem no mundo subterrâneo dos sentimentos sem nome, do irracional. A esquerda usa, como armas contra o irracionalismo, a transparência ideológica e as ideias claras e distintas, que moram na consciência. A esquerda gosta das luzes. Ela ignora que as ideias que moram nas luzes não conseguem se comunicar com o corpo. Recordo Bachelard: "parece que existem em nós cantos sombrios

Eu, que ando pela poesia e pela psicanálise, aprendi que não existe comunicação entre "as ideias claras e distintas" que moram no consciente e o corpo. O inconsciente – corpo – não entende a linguagem dos saberes. Por mais verdadeiras que sejam as ideias que moram na cabeça, o corpo não as entende e não lhes obedece.

Os saberes são necessários porque eles nos dão poder. Técnica. Meios para viver. Usando-os como ferramentas, temos a possibilidade de agir sobre o mundo.

Mas o corpo não entende a sua linguagem. Ele pode usá-los como ferramentas, objetos exteriores a ele mesmo. Mas não se transformam em sangue. São incapazes de dar um sentido à vida. Falta-lhes o poder das palavras que toleram apenas uma luz bruxuleante" (*A chama de uma vela*, p. 14). É preciso entender que a batalha não se trava entre consciência e inconsciência, razão e não razão, entre a cabeça e o corpo. A batalha se trava entre deuses e demônios, ambos habitantes do corpo e, como tais, criaturas do inconsciente. Berdjaev, filósofo existencialista russo, observa que tanto os deuses quanto os demônios amam a poesia e a arte.

mágicas. O que move o corpo é o sabor sem palavras da *sapientia*.

Parte da sabedoria do corpo é a sabedoria de ensinar. O corpo sabe ensinar, naturalmente, da mesma forma que a centopeia sabe andar sem tropeçar.

Barthes, dirigindo-se ao público erudito que assistia a sua aula, e deixando de lado todas as teorias científicas sobre o ensino, diz que o seu projeto era ensinar no Collège de France da mesma forma que uma mãe comum ensina o filhinho.

"Gostaria, pois, que a fala e a escuta que aqui se trançarão fossem semelhantes às idas e vindas de uma criança que brinca em torno da mãe, dela se afasta e depois volta, para trazer-lhe uma pedrinha, um fiozinho de lã, desenhando assim ao redor de um centro calmo toda uma área de jogo, no interior da qual a pedrinha ou a lã importam finalmente menos do que o dom cheio de zelo que delas se faz."◈

◈ Roland Barthes, *Aula*, p. 44.

Essas idas e vindas da criança ao redor da mãe encontram-se além dos saberes. Nem a mãe nem a criança sabem o que estão fazendo. O que fazem não resulta de uma teoria. Fazem espontaneamente, sem pensar.

Num outro lugar, ele toma como modelo o jogo da mãe que ensina o filho a andar.

"Quando a criança aprende a andar, a mãe não discorre nem demonstra: ela não ensina o andar, ela não o representa (não anda diante da criança): ela sustenta, encoraja, chama (recua e chama): ela incita e cerca: a criança pede a mãe e a mãe deseja o andar da criança."◈

◈ Citado por Leyla Perrone-Moisés, *Barthes*, p. 84.

E ele chegou mesmo a batizar o seu método – acho que ele o fez com um sorriso de criança no rosto... – como maternagem.

Onde foi que a mãe aprendeu a ensinar o filho a andar? Em lugar algum. A arte de ensinar a andar, sem saber ela já sabia. O corpo sabe sem precisar pensar. O corpo é sábio.

O corpo é educador por graça, de nascimento. Não precisa de aulas de pedagogia.

Veja o caso da linguagem. Procurei muito mas não consegui encontrar coisa que se comparasse à linguagem em dificuldade para ser ensinada e aprendida: a quantidade enorme de palavras que têm de ser memorizada, os gêneros, as concordâncias, a ordem, os tempos verbais, essa teia complexíssima de leis, as sutilezas do humor que vive nas ambiguidades (uma linguagem sem ambiguidades seria uma linguagem só para transmissão de informações, e não para comunicação humana; seria uma linguagem sem risos), a música do falar... No entanto, os que ensinam não se valem de teorias sobre a aquisição de linguagem, nada sabem sobre uma suposta pedagogia do falar, e não sabem que estão ensinando: é o pai, a mãe, o avô, a tia, a empregada, o jardineiro... E os que estão aprendendo, as crianças, não sabem que estão aprendendo, não são colocadas em salas de aulas para ser informadas e para aprender um saber sobre a linguagem. Os professores que ensinam a falar jamais falam de substantivos, subjuntivos, conjunções e preposições. E a aprendizagem é assombrosamente eficiente – sem necessidade de qualquer processo de avaliação. As crianças não aprendem saberes sobre a linguagem. Elas simplesmente aprendem a falar. Já nós, adultos, que vamos às escolas de língua para aprender uma língua estrangeira, e aprendemos a língua através dos saberes, nunca falamos a outra língua direito, temos de pensar, falamos com sotaque, e erramos a todo momento, a despeito de sabermos as regras da gramática: somos a centopeia que não consegue andar...

Recordo lição aprendida com Riobaldo: "O corpo não traslada, mas muito sabe; adivinha se não entende". "A gente só sabe bem aquilo que não entende."◈ Zaratustra e Riobaldo teriam se entendido, porque eles concordam:

◈ Guimarães Rosa, *Grande Sertão: veredas*, p. 29

"O corpo é uma grande razão... E um instrumento do seu corpo é também a sua pequena razão, meu irmão, a que chamas pelo nome de 'espírito' – um pequeno instrumento e um brinquedo da sua grande razão. [...] Há mais razão no seu corpo que na sua melhor sabedoria".◈

◈ FN II (II), pp. 574-575.

"Espírito": o conjunto das nossas funções intelectuais, o lugar da filosofia. Aquilo a que damos o nome de Razão, com letra maiúscula, não é aquilo que dela a filosofia diz. A Razão com letra maiúscula, Grande Razão, é o corpo, centro do mundo. Nossa razão pequena: o poder de conhecer, as funções intelectuais, a lógica: essas são ferramentas úteis que o próprio corpo inventou para sobreviver. E não somente ferramentas úteis: são também brinquedos, sem utilidades, que se justificam pelo prazer que dão.◉

◉ O corpo carrega sempre duas caixas: a caixa de ferramentas e a caixa de brinquedos...

Procuro a filosofia do corpo. Não procuro uma filosofia sobre o corpo. Filosofia sobre o corpo são os pensamentos que os filósofos pensam. Filosofia do corpo são os saberes que o corpo sabe sem saber. É a *sapientia*. É a voz dos poetas, dos artistas, das crianças...

Meu querido Paulo Freire que me perdoe. Ando na direção contrária. Em vez de conscientizar, proponho inconscientizar. O mesmo caminho sugerido por Barthes. "Desaprender os saberes acumulados a fim de aprender a sabedoria não dita do corpo". O mesmo caminho sugerido por Zaratustra. Usava palavras-martelo e palavras-riso para ir quebrando e derretendo os saberes-gaiola dentro dos quais o corpo e a sua sabedoria se encontravam presos.◉

◉ Tenho o maior respeito pelas extraordinárias contribuições das ciências da aprendizagem, a psicologia em especial, e, na psicologia, honras a Piaget. Tenho a maior

"Mas então", me dirão, "fizeram um trabalho inútil: só fizeram dizer o que o corpo já sabia." As cozinheiras antigas – elas iam fazendo suas coisas sem se valer de livros de receitas –, muitas eram analfabetas. Aí alguém, com medo de que as receitas delas se perdessem com a sua morte, fica observando, anotando, escrevendo num livro aquilo que estava escrito nos gestos da cozinheira. Dessa forma, morta a cozinheira, os pratos que ela fazia podiam continuar a ser feitos. É mais ou menos assim: os adultos, sem saber, vão ensinando, sem receitas. As crianças, sem saber, vão aprendendo. Aí alguém se coloca ao lado desse saber acontecente, vai observando e escrevendo: assim são escritos esses livros de receita chamados ciência.

admiração por esse saber. Só acho que esses saberes não são descobertas, não são novidades. Eles apenas dizem com palavras o que os homens, por milênios, têm sabido e feito, sem palavras. Eles transformaram em saber consciente aquilo que os seres humanos têm sabido sem precisar de palavras para dizer. Os homens da caverna, que nunca leram Piaget, já construíam o conhecimento, antes do advento da escrita. Novidade como teoria científica, sim. Mas não novidade como prática humana. O corpo sempre soube. Giambattista Vico, filósofo que viveu de 1668 a 1744, tinha clara consciência de que o conhecimento se adquire por um processo de construção. Crítico de Descartes, em sua *Scienza nuova*, ele afirma que "o verdadeiro (*verum*) e o feito (*factum*) podem ser convertidos um no outro" – só podemos conhecer com certeza aquilo que nós mesmos construímos ou criamos. O construtivismo, assim, não é novidade nem mesmo filosoficamente.

8 Variações sobre o prazer

A Razão, serva do Prazer

"**Afirmar a bondade do prazer** é escandaloso no Ocidente."◈ A espiritualidade ocidental foi construída sobre a negação do prazer. As feridas e lacerações que a espiritualidade católica elegeu como objetos de adoração são expressões plásticas desse fato. E o ascetismo e disciplina de trabalho, virtudes supremas do protestantismo, são a sua manifestação racional e moral.◉

◈ Octavio Paz, *Los hijos del limo*, p. 106.

◉ Como é bem sabido, segundo Max Weber, o ascetismo intramundano do protestantismo calvinista e a disciplina de trabalho constituem a essência do espírito do qual o capitalismo nasceu. Me pergunto se essa ideia não lhe veio da leitura dos *Manuscritos econômico-filosóficos de 1844*, de Marx.

Do medo do prazer e da alegria não escapam nem reacionários da direita nem revolucionários da esquerda. É Barthes que afirma:

"Toda uma pequena mitologia tende a nos fazer acreditar que o prazer é uma ideia da direita. À direita, expande-se para a esquerda, e com um mesmo movimento, tudo o que é abstrato, aborrecido, político, e as pessoas guardam para si o prazer. E à esquerda, por moral (esquecendo-se dos charutos de Marx e Brecht), suspeita-se, desdenha-se qualquer resíduo de 'hedonismo'. À direita, o prazer é reivindicado *contra* a intelectualidade, o clericato: é o velho mito reacionário do coração contra a cabeça, da sensação contra o raciocínio, da 'vida' (quente) contra a 'abstração' (fria): o artista não deve, segundo o sinistro preceito de Debussy, 'procurar humildemente causar prazer?'. À esquerda, opõem-se o conhecimento, o método, o compromisso, o combate, à 'simples deleitação'. No entanto, e se o próprio conhecimento fosse por sua vez delicioso?."◈

◈ Roland Barthes, *O prazer do texto*, pp. 32-33.

Mas eu acredito que vivemos para ter prazer. Bachelard era mais ousado do que eu e não se envergonhava de afirmar: "O universo tem, para além de todas as misérias, um destino de felicidade. O homem deve reencontrar o Paraíso".◈

◈ Bachelard, *O direito de sonhar*, p. 21.

Minha filosofia da educação decorre desse ato de fé, podendo assim ser resumida: o objetivo da educação é aumentar as possibilidades de prazer e alegria. O destino da razão é servo do prazer e da alegria. Creio na função educativa e intelectual do prazer. Uma inteligência feliz é uma inteligência... mais inteligente... De novo, a sabedoria de Zaratustra:

"Meu irmão, lá, atrás dos seus pensamentos e sentimentos, se encontra um senhor poderoso, um sábio desconhecido, cujo nome é 'você mesmo'. Ele mora no seu corpo. Ele é o seu corpo. *Há mais razão no seu corpo que na sua melhor sabedoria.* [...] O seu corpo (*Selbst*) se ri do seu ego e dos seus saltos ousados. 'Que é que esses saltos e voos de pensamento significam para mim?', ele diz para si mesmo. 'Um desvio do meu fim. Eu sou os fios que movem o ego e o suporte onde se assentam os seus conceitos. O corpo (*Selbst*) diz para o ego: 'Sinta dor aqui!'. Então o ego sofre e pensa em como parar de sofrer – e é isso que faz o ego pensar. O corpo (*Selbst*) diz para o ego: 'Sinta prazer aqui!'. Então o ego tem prazer e pensa em como repetir esse prazer – e é isso que faz o ego pensar (os destaques em itálico são meus). [...] O corpo criador criou o espírito como uma mão para a sua vontade"◉

◉ FN II (II), p. 575, *Assim falou Zaratustra*, "Sobre aqueles que desprezam o corpo". Não sei como traduzir o que se encontra no alemão: *"Hinter deinen Gedanken und Gefühlen, mein Bruder, steht ein mächtiger Gebieter, ein unbekanter Weiser – der heisst Selbst. In dienem Leibe wohnt er, dein Leib ist er".* É esse *Selbst* que não sei traduzir. Mas o próprio Nietzsche afirma a igualdade entre *Selbst* e corpo. Essa é a razão por que traduzi *Selbst* por "corpo". Sei que psicólogos, epistemólogos e metodólogos me perguntarão sobre as provas, as pesquisas, as amostragens, os tratamentos estatísticos sobre os quais baseio tal afirmação. Para eles, um pensamento é digno de ser levado em

Descreva o método empregado para compor esse prelúdio para piano que estou ouvindo, senhor Rachmaninov! Descreva o método empregado para escrever seus contos, senhor Jorge Luis Borges! Descreva o método empregado para imaginar seus fantásticos desenhos, senhor Escher! Eles se ririam. Não há métodos para se ter boas ideias. As boas ideias não são produzidas; não são construídas. Elas simplesmente aparecem diante dos nossos olhos, sem que as tivéssemos procurado metodologicamente. Era assim que Picasso descrevia o seu método: "Eu não procuro. Eu encontro". O corpo não caminha sobre certezas metodológicas.◉ Ele simplesmente aposta na verdade de um pensamento que lhe apareceu repentinamente, vindo não sabe donde. E assim ele salta. "Navegar é preciso. Viver não é preciso." Viver é ter coragem para testar a aposta. Pode ser que a aposta esteja errada: mas não há alternativas. E tolos são aqueles que pensam que as certezas da ciência são uma alternativa à aposta. Porque a ciência também resulta de uma aposta e está construída sobre incertezas. Karl Popper, talvez o mais famoso filósofo da ciência de nossa época, ao final de seu livro *A lógica da investigação científica*◈ diz o seguinte:

"A ciência não é um sistema de declarações certas ou bem estabelecidas. [...] Nossa ciência não é conhecimento (*episteme*): ela não pode nunca pretender haver atingido a verdade, ou mesmo um substituto para ela, como a probabilidade. [...] Nós não conhecemos: nós só podemos adivinhar. E nossas adivinhações são guiadas pela fé metafísica (embora biologicamente explicável), não científica, em leis, regularidades que podemos des-cobrir."◈

O ego consciente tricota pulôveres de palavras e lhes dá o nome de verdade.

O corpo tece tapetes de palavras e lhes dá o nome de beleza.

Haverá um método, jeito de pensar, não que produza a beleza, mas que nasça dela? Era um sonho de Cecília Meireles:

consideração somente se explicar, com clareza, o caminho que foi seguido para se chegar até ele. A ciência só sabe aquilo cujo método de produção pode ser relatado: o sentido de uma afirmação é o método de sua produção!

◉ Lembra-se do andarilho de Nietzsche, que saltava sobre as pedras no riacho?

◈ Karl Popper, *The Logic of Scientific Discovery*.

◈ Karl Popper, *The Logic of Scientific Discovery*, p. 280.

Caminhávamos devagar,
ao longo desses dias felizes,
pensando que a Inteligência
era uma sombra de Beleza...◈

◈ Cecília Meireles, *Verdes reinos encantados*, p. 26.

Por muito tempo, influenciado pela psicanálise, usei a palavra "prazer" para me referir ao impulso fundamental que movimenta o corpo. Hoje a palavra prazer já não me satisfaz. O corpo não se contenta com o prazer. Uma das muitas amantes de Tomás dizia: "Eu não quero prazer. Eu quero é alegria!".◈ A experiência do prazer, tão boa, sempre nos coloca diante de um vazio. A teologia de santo Agostinho se constrói sobre esse vazio que se segue ao prazer. Depois de esgotado o prazer, existe, na alma, a nostalgia por algo indefinível. Que indefinível é esse que, se encontrado, nos traria a alegria? Estou pronto a concordar com o santo: um indefinível que, se encontrado, me traria alegria, eu o adoraria como deus, a ele entregaria a minha vida.

◈ Milan Kundera, *A insustentável leveza do ser.*

Pus-me então a pensar sobre a diferença entre prazer e alegria – ambos muito bons. E estas foram as conclusões a que cheguei.

Sobre o prazer:

(1) O prazer só acontece se o corpo tiver a posse do seu objeto. O prazer do sorvete só existe se houver um sorvete a ser lambido. O prazer do suco de pitanga só existe se houver suco de pitanga para ser bebido. O prazer do beijo só existe se houver a pessoa amada a ser beijada.

(2) O prazer se farta logo. Quantos sorvetes sou capaz de tomar antes que ele se transforme de objeto de prazer em causa de sofrimento? Quantos copos de suco de pitanga sou capaz de tomar antes que o corpo diga: "Não aguento mais!?". Quantos beijos se pode dar na pessoa amada antes de enjoar? O prazer tem vida curta. O evan-

gelho do prazer reza: "Bem-aventurados os que têm fome, porque serão fartos".

Sobre a alegria:

(1) A alegria não precisa da posse do objeto desejado para existir. Lembro-me do rosto de um amigo – ele já morreu –, mas esta simples memória me traz alegria, junto com uma pitada de tristeza. Sentimos alegria lendo uma obra de ficção, um objeto que nunca existiu pode nos dar alegria, como é o romance entre Fiorentino Ariza e Firmina Daza◈ ou o filme *A festa de Babette*. Paul Valéry: "Que somos nós sem o socorro das coisas que não existem?". Que seres estranhos nós somos, capazes de nos alegrar comendo frutos inexistentes!

◈ Gabriel García Márques, *Amor nos tempos do cólera.*

(2) A alegria nunca se farta. A alegria pede mais alegria. Alegria é fome insaciável. Da alegria nunca se diz: "Estou satisfeito!", "Chega!". O evangelho da alegria é diferente do evangelho do prazer: "Bem-aventurados os que têm fome, porque terão mais fome".

Mas, vez por outra, a alegria e o prazer acontecem juntos. Quando isso acontece, o corpo experimenta uma efêmera epifania do Paraíso: o divino se faz carne...

Meu método se inspira na música e na poesia. As duas, poesia e música, são irmãs. Fernando Pessoa diz que poesia é uma rede de palavras por cujos interstícios se ouve uma melodia que faz chorar.◈ Todo dizer poético aspira por um silêncio de palavras – para que a música seja ouvida. O acontecimento poético é assim: o corpo ouve a música, percebe a beleza. Experiência de graça. Deseja comunicá-la. Procura palavras, sons, em cujo côncavo a beleza aconteça. Um outro corpo as ouve. Eventualmente esse ouvir provoca nele, corpo, uma ressonância. Se o corpo ressoar musicalmente, é porque existe uma iden-

◈ Fernando Pessoa, *Obra poética*, p. 179.

tidade entre aquele que disse e aquele que ouviu. "A arte é a comunicação aos outros da nossa identidade íntima com eles."◈ Essa ressonância é o corpo dizendo: "É isso mesmo". Quando isso acontece, tem-se certeza. O corpo está convencido. Na verdade, tentei por muitos anos ser um pianista, sem sucesso. Os dedos eram ótimos, mas faltava-me o essencial: o talento. Abandonei o piano com tristeza, consciente de que ele não me abandonara, pois, na verdade, nunca estivera comigo. Foi como o fim de uma estória de amor. Consolo-me ao saber que Nietzsche teve estória parecida. Tocava piano e até fez algumas composições. Um amigo me deu um disco com a gravação de algumas de suas composições. Recusei-me a tocar o disco. Guardo-o como um inconsciente em que nunca penetrarei. Não quero que a música que ele fez no piano prejudique a música sublime que ele faz com as palavras. Relata-se que Nietzsche, num impulso de loucura, enviou algumas de suas composições ao famosíssimo pianista von Büllow, que imediatamente o aconselhou a dedicar-se a outras coisas que não à composição. Não quero ver os pecados estéticos daqueles que amo. Os pecados estéticos são os que mais me ofendem.

◈ Fernando Pessoa [*Bernardo Soares*], *Livro do desassossego*, p. 391.

Os músicos se comprazem numa brincadeira chamada "Tema con variazioni". Lembrei-me de uma dessas peças, de Mozart, variações sobre o tema "Ah, vous dirai-je, Maman". Fui procurá-la nos meus álbuns de sonatas. Assentei-me ao piano e toquei a primeira. Tão fácil. Tão coisa de criança. Está agora aqui aberta ao lado do teclado do micro, que é o piano onde faço minhas "variações". Vá ao piano ou tome o instrumento que tiver, e toque, compasso 2/4, todas as notas são semínimas, do mesmo valor: dó, dó, sol, sol, lá, lá, sol, sol, fá, fá, mi, mi, ré, ré, dó. Está dito. Mas não está dito. Esse tema tão simples é apenas o início de uma série de brincadeiras, as variações. Bach compôs as maravilhosas "Variações Goldberg"; Beethoven fez suas famosas "32 variações", Brahms fez as variações sobre um tema de Paganini, e há as famosas variações de Britten, para crianças.

As variações agradam tanto porque elas são o espelho da alma. Quando a alma gosta de uma coisa, ela quer que ela seja repetida, indefinidamente. Ela quer repetir o poema que a emocionou, o abraço, a comida, o perfume, a ideia, o pôr do sol, a paisagem. A alma deseja sempre retornar. "Ela está sempre em busca do tempo perdido..."

"Con variazioni", é claro! Lênin confessava ter muito medo da sonata *Appassionata*, de Beethoven. Felizmente (ou infelizmente, tudo depende do ponto de vista), no tempo dele ainda não havia CDs. Para que a música fosse ouvida era preciso que alguém a tocasse. Eu já ouvi Beethoven muito mais vezes que ele mesmo. Não tenho informações históricas sobre se Lênin tinha uma "victrola" (palavra que, aprendi faz poucos dias, se deriva de RCA Victor...) para ouvir a música. O fato é que ele declarou que poderia ouvir a *Appassionata* o dia inteiro, ele ficava transtornado, entrava num estado parecido ao frenesi de que falou Zaratustra, e era dominado por um desejo de sair pelas ruas abraçando todo mundo, com o perigo, inclusive, de que abraçasse algum banqueiro ou oficial dos exércitos do tsar.

Os filósofos antigos e Kepler achavam que o universo era uma orquestra tocando música, cada astro era uma esfera sonora. Achavam também que a função da ciência era encontrar meios para escrever a partitura divina de forma que ouvidos mortais a pudessem ouvir, música que Deus estava tocando desde a Criação, como um cânon sem fim, girando sempre, girando sempre. A Igreja acreditava já ter encontrado essa música: era o canto gregoriano. E eu me sinto tentado a acreditar, seduzido que estou pelos maravilhosos hinos pré-gregorianos, do CD *Officium*, com Jan Garbarek e o Hilliard Ensemble (ECM Records). "Cada organismo é uma música que se toca..."

O corpo é um instrumento, piano, *hardware* de carne e osso no qual um *software* musical foi instalado. A alma é um buraco escuro onde moram músicas. Não tem importância que seja escuro. Para se ouvir música bem é bom ter os olhos fechados. Disse "piano", mas poderia ter dito flauta, violino, viola de dez cordas, rabeca de artesão caipira, ou bateria...

Milan Kundera, especialista em estórias de amor, disse que assim é feita a vida, "composta como uma partitura musical. O ser humano, guiado pelo sentido da beleza, toma o acontecimento fortuito e o transpõe musicalmente, para fazer dele um tema que, em seguida, fará parte de sua própria vida. Voltará ao tema, repetindo-o, modificando-o, desenvolvendo-o e transpondo-o, como faz um compositor com os temas da sua sonata. O homem inconscientemente compõe a sua vida segundo as leis da beleza, mesmo nos instantes do mais profundo desespero".⦿

⦿ Quem quiser saber um pouco mais sobre o assunto, que leia uma obra de Nietzsche, *O nascimento da tragédia a partir do espírito da música* [*Die Geburt der Tragödie aus dem Geiste der Musik* (FN-W I, pp. (I) 7-134].

O tema, uma vez anunciado, passa a ser tocado por instrumentos diferentes: violinos, violoncelos, flautas, trompas, até que todos os instrumentos da orquestra, em sua fantástica diferença, se unem para dizer a mesma coisa. Cada um diz uma coisa diferente e, no entanto, todos juntos, dizem a mesma coisa. Ouça o "Bolero", de Ravel, e você entenderá o que estou dizendo.

A música se inicia quando o compositor se encontra com um tema que o fascina. Ele fica "possuído". E se põe a brincar com o tema, como o amante brinca com a pessoa amada. O pensamento desliza pelo corpo, excursiona, não vai direto ao ponto, rejeita as linhas retas, volta a lugares já visitados, toca-os de uma nova forma, os mesmos lugares, a cada novo toque eles são outros, deleita-se em repetir, o prazer ama a repetição.

Um texto sobre o prazer e a alegria há de ser prazeroso e alegre. Um texto científico sobre o prazer seria o mesmo que tocar uma sonata para piano, de Mozart, numa máquina de escrever. A ciência não é instrumento para se tocar prazer e alegria. O prazer e a alegria não são científicos; não podem ser ditos na linguagem da ciência. "A ciência pode classificar e nomear os órgãos de um sabiá, mas não pode medir seus encantos"... E é por isso que vou escrever no estilo de "variações" musicais: "variações sobre o tema do prazer".

9 Primeira variação: teologia

Santo Agostinho

Perguntei à terra,
perguntei ao mar e profundezas,
entre os animais viventes às coisas que rastejam.
Perguntei aos ventos que sopram aos céus,
ao sol, à lua, às estrelas,
e a todas as coisas que se encontram às portas da minha carne...
Minha pergunta era o olhar com que as olhava.
Sua resposta era a sua beleza...
Santo Agostinho

Abro o livro *De doctrina christiana.*◈ Ele escreve contemplando o Paraíso: medita sobre a ordem eterna que regula o prazer e a alegria. Para acompanhar seu pensamento coloco no meu CD-Rom o *Officium.*◉ O tema: "Algumas coisas são para serem fruídas, outras para serem usadas, e outras ainda há que são para serem fruídas e usadas. As coisas que são para serem fruídas nos tornam felizes. As coisas que são objetos de uso nos ajudam em nossos esforços na direção da felicidade, de forma a podermos obter as coisas que nos tornam felizes e, assim, nelas descansar." É um texto velhíssimo. Velhíssimo mas sempre acabado de nascer. Isso não acontece com os textos de ciência e saberes: ao envelhecer, eles ficam velhos mesmo, morrem. A ciência é um ser do tempo. Ciência e saberes nascem, crescem, envelhecem e morrem. As coisas da ciência envelhecem e não há ressurreição que as traga de novo à vida. Mas há textos que moram fora do tempo. Não envelhecem. Por vezes são esquecidos e sepultados. Mas logo ressuscitam com corpo de criança. São os textos da

◈ De santo Agostinho (354-430 d.C.).

◉ Canto gregoriano trançado com saxofone (*Officium*, ECM Records, Jan Garbarek e The Hilliard Ensemble).

sabedoria. A sabedoria é um ser da eternidade. A sabedoria do livro de Eclesiastes e do *Tao-Te-Ching* é eterna: está fora do tempo. A sabedoria de mil anos atrás continua a ser sabedoria hoje. Entre os textos de sabedoria está esse curto parágrafo de santo Agostinho. Nenhum outro texto contribuiu tanto para simplificar e ordenar minhas ideias quanto esse. Quem o entender terá entendido a organização do meu pensamento, naquilo que ele tem de mais simples. O tema foi santo Agostinho que enunciou. Mas o meu texto não será exegético. Na exegese busca-se compreender o mais fielmente possível o pensamento do autor: apresentá-lo ao leitor de forma transparente. O que vou dizer, entretanto, nasce de uma inspiração culinária e antropofágica. "Para comer meus próprios semelhantes, eis-me sentado à mesa." Leio, como o texto de santo Agostinho, e aquilo que agora escrevo é santo Agostinho transubstanciado em Rubem Alves. Já não é o pensamento de Agostinho; é o meu próprio pensamento. Escrever com sangue, o meu sangue...◈

◈ Augusto dos Anjos, "Eu", 1912, *Revista de Antropofagia* 1.

Todas as coisas do mundo estão guardadas em duas feiras.

A primeira feira é a Feira das Utilidades.⦿

⦿ Do Latim "uti", usar. Usar uma coisa é *utilizá-la* para se obter *outra coisa* (*diligere propter aliud*) (Agostinho, *Sobre a doutrina cristã*, livro I, pars. 3 e 4).

Na Feira das Utilidades, como o nome está indicando, encontram-se coisas "úteis": utensílios, ferramentas, objetos necessários para alcançar ou produzir aquilo que se deseja.. Ali se encontram fósforos, martelos, panelas, canetas, agulhas, tesouras, calculadoras, câmeras fotográficas, escadas, remédios, barcos, bicicletas, dinheiro, pedreiros, encanadores, médicos, dentistas, engenheiros, palavras, escolas, laboratórios, ciência... Todas essas entidades são utensílios: meios que nos permitem alcançar algo diferente deles mesmos, algo que desejamos. Cada ferramenta aponta para além dela.

O corpo humano é também uma entidade da Feira das

Utilidades. O corpo é uma ferramenta entre ferramentas. É útil. Com ele muitas coisas podem ser feitas. As mãos servem para agarrar. Os olhos servem para ver. Os dentes nos permitem cortar. As pernas tornam possível andar. Ferramentas. Ou máquinas, se muitas ferramentas estiverem ligadas umas às outras. Aparelho digestivo, aparelho circulatório, aparelho reprodutor.

Ferramentas são aperfeiçoamentos das ferramentas naturais do corpo. Alicates e chaves inglesas são aperfeiçoamentos das mãos. Canivetes e facas são aperfeiçoamentos das unhas e dos dentes. Óculos são aperfeiçoamentos dos olhos. Flautas, aperfeiçoamentos da boca. Bicicletas, aperfeiçoamentos das pernas. Sapatos, aperfeiçamentos dos pés.

A inteligência é também uma ferramenta. A inteligência é uma ferramenta para resolver problemas. Problema é o espaço que existe entre o desejo e a sua realização. Sempre que desejo uma coisa e ela se encontra fora do meu alcance tenho um problema a resolver. Por exemplo: vejo uma manga madura. Fico com vontade de comê-la. Mas meus braços são inúteis: ela está lá no alto. Tenho um problema a resolver. Aí o meu desejo põe a inteligência para trabalhar. A inteligência funciona e oferece várias soluções: subir na mangueira; jogar uma pedra na manga; cutucar a manga com uma vara. A inteligência só entra em ação quando assim comandada pelo desejo. Tal como acontece nas estórias da lâmpada maravilhosa onde mora um gênio: o gênio só faz o que o seu senhor ordena. O senhor da inteligência é o desejo. É ele que lhe dá ordens. Se eu vir a manga e não desejar comê-la – não gosto de manga –, não tenho problema algum.⦿

Os órgãos sexuais são também entidades da Feira das Utilidades. São úteis. São máquinas de fazer crianças. Nos livros de medicina, os órgãos sexuais se encontram no ca-

⦿ Eu sempre me frustrei com as jabuticabas que ficavam lá na ponta dos galhos, longe das minhas mãos: as mais doces, abandonadas aos marimbondos e aos pássaros. O desejo era forte, mas a inteligência não tinha imaginação. A única solução que ela me oferecia era subir até a ponta dos galhos. Mas eu já não sou tão jovem e leve. Meu corpo, ferramenta, já não se presta para tais proezas. Mas a inteligência do seu João, amigo em primeiro lugar e pedreiro em segundo, tinha mais imaginação que a minha: "É só usar um tubo de PVC". Não entendi. Aí, ele pegou um tubo de PVC, levou sua ponta oca até uma gorda jabuticaba, cutucou-a, ela se soltou, desceu por dentro do tubo pela força da gravidade para cair na mão que a esperava e que, ato contínuo, levou-a à boca. O tubo de PVC não foi feito para apanhar jabuticabas. Mas a inteligência descobriu nele uma ferramenta não imaginada por aqueles que o fabricam.

pítulo intitulado "Aparelho reprodutor". Aparelho: para a medicina, os órgãos sexuais são ferramentas com funções práticas específicas.

A tradição cristã tem medo do prazer. Prazer é artifício do Diabo. Tanto assim que, para agradar a Deus, os fiéis se apressam a oferecer-lhe sofrimentos e renúncias, certos de que é o sofrimento dos homens que lhe causa prazer. Não tenho conhecimento de alguém que, a fim de agradar a Deus, lhe tenha feito promessas de ouvir Mozart ou fazer amor. Horrorizam-se, portanto, com o prazer que aparece ligado às funções sexuais, o que faz com que os órgãos sexuais sejam usados como brinquedos prazerosos, sem nenhuma intenção reprodutora. Tratam de denunciá-lo, assim, como perigoso lugar de tentação e perdição, e chegam a afirmar que o pecado original foi uma relação sexual. Não lhes passa pela cabeça que, se Deus não desejava que houvesse sexo, não nos teria feito macho e fêmea, e nem teria colocado tanto prazer nas funções sexuais. Afirmam que o objetivo dos órgãos sexuais é a reprodução. Manipulações e usos prazerosos dos órgãos sexuais, separados da função reprodutora, são assim definidos por essa moral religiosa como pecaminosa. Argumentam que a função do tubo de PVC é levar a água de um lugar para outro, não devendo ser usado para apanhar jabuticabas doces...

A inteligência é uma ferramenta de inventar ferramentas. Com a inteligência invento uma máquina de fazer pregos. Pregos são ferramentas usadas para fixar peças de madeira. A inteligência é capaz de inventar ferramentas até mesmo com coisas que não existem. Por exemplo, a matemática é uma ferramenta feita com coisas que não existem: símbolos. Símbolos são ferramentas. Coisas que não existem têm mais poder que as coisas que existem. Graças à matemática, os astronautas chegaram à Lua.⦿

⦿ Anote este estranho poder da inteligência, de se valer de coisas que não existem para interferir nas coisas que existem. "Que seria de nós sem o socorro das coisas que não existem?", perguntava Paul Valéry. Pensar é a arte de brincar com coisas que não existem. Pensamentos são brinquedos inexistentes. Esse é o objetivo principal da escola: ensinar a pensar, ou seja, a brincar com símbolos, coisas que não existem. Infelizmente, na maioria dos casos, a escola não ensina a pensar. Dá informações e adestra os alunos para fazer exercícios. Aquilo a que vulgarmente se dá o nome de problema não é problema. É exercício. Aprender a resolver exercício não é aprender a pensar. É aprender a repetir receitas.

A inteligência é uma das ferramentas, a mais poderosa

de todas, que se encontra nessa imensa oficina chamada Feira das Utilidades. Relembro as palavras de Zaratustra: "O corpo é uma grande razão... E um instrumento do seu corpo é também a sua pequena razão, meu irmão, a que chamas pelo nome de 'espírito' – um pequeno instrumento e um brinquedo da sua grande razão".◉

◉ FN II (II), pp. 574-575. Então a inteligência, além de ser ferramenta, pode também ser brinquedo? Quer dizer que o uso da inteligência é não somente útil, mas divertido também? Existe um paralelismo entre a inteligência e os órgãos sexuais? É possível brincar com a inteligência da mesma forma como é possível brincar com o sexo? O uso da inteligência pode ser erótico? Dá prazer? Dá alegria? O sexo é metáfora da inteligência e vice-versa?

As ferramentas não são construídas com o objetivo de dar prazer. O tubo de PVC, em si mesmo, não me dá prazer algum. Nem a escada. Nem o martelo. Nem uma panela.

O prazer que a panela pode me dar não é ela que me dá. Panela não pode ser comida. O prazer que a panela me dá se deve ao fato de que nela o meu sonho gastronômico se transforma em realidade. A Feira das Utilidades existe para transformar sonhos em realidade. Meu sonho é um frango com quiabo apimentado.◉

◉ Nasci em Minas, e o meu corpo está cheio de memórias de infância. Entre os prazeres da cozinha mineira estava o frango com quiabo, que se comia com angu e pimenta. Receita: um frango, cortado em pedaços. Pode ser, também, só coxa, só peito – de acordo com o gosto. Um quilo de quiabo macio. Refogar o frango até dourar, em uma xícara de óleo ou azeite, com os temperos de gosto: alho, cebola, orégano. Cortar o quiabo em rodelinhas. Noutra panela, refogar muito bem o quiabo com caldo de limão, para tirar a baba. Se ainda restar baba, coá-la num escorredor de macarrão. Juntar o quiabo aos pedaços do frango, com dois tomates picados. Cozinhar tudo até o frango ficar macio. Alguns preferem o frango com quiabo quase sopa, com bastante caldo, pra ser tomado com colher. Com angu e pimenta. Ou arroz. De qualquer jeito é bom.

Assim, as coisas da Feira das Utilidades, em si mesmas, não nos dão felicidade. Elas só nos dão felicidade como possibilidade de chegar ao objeto de fruição. Uma faca é uma *possibilidade* de uma laranja descascada. Uma viola é uma *possibilidade* de música. Uma panela é uma *possibilidade* de uma feijoada. Como aconteceu com o Príncipe, no preciso momento em que as tranças de Rapunzel chegaram até ele. Por nem um segundo ele gastou seu tempo pensando que os cabelos dela eram sedosos e macios, e que ela devia usar um xampu de babosa e ovos de tartaruga, e que ela faria sucesso num comercial de televisão. Para ele, os cabelos da Rapunzel eram só uma corda-escada, um *meio* para os dois se abraçarem. Por isso, e só por isso, eles lhe davam alegria.

A Feira das Utilidades é a feira do poder. O prazer que os objetos-ferramentas eventualmente dão a quem os usa se deve ao fato de que, através do seu uso, eu experimento aquilo que Nietzsche denominou de "vontade de poder". A destreza no poder é prazerosa. O açougueiro que corta a carne, o boiadeiro que laça o boi, o marceneiro que bate um prego, o motorista que guia o carro, o cozinheiro que prepara o bacalhau... Sabem disto o pianista, a ginasta olímpica, o alpinista, o jogador de sinuca, o artesão: eu posso. O sentimento de poder é embriagante.

A segunda feira é a Feira da Fruição.◉ A Feira da Fruição é o lugar do amor.

◉ Do latim "frui", fruir, desfrutar, amar uma coisa por causa dela mesma (*diligere propter se*).

Advertiram-me que "fruir" é uma palavra que eu não deveria usar. Não é empregada na linguagem coloquial, soa artificial, embora ela esteja no dicionário Aurélio como "desfrutar, gozar...". Talvez "gozar", sinônima, fosse opção melhor, já que o sentido é o mesmo. Sim. Mas, na poesia, o que importa não é o sentido. Importam as reverberações metafóricas, as associações. "Seio" e "mama" são sinônimas, têm o mesmo sentido, indicam o mesmo objeto. Mas que amante diria para a sua amada: "Que belas são as tuas mamas..."? A palavra "mama" evoca logo "câncer de mama". Já "seio" faz lembrar amor e prazer: a criancinha suga o seio da mãe, o amante acaricia o seio da amada. Na poesia, as palavras valem pelas fantasias que delas brotam. Palavras poéticas são "objetos oníricos" (Bachelard). Fruir, des-frutar, fruto: as fantasias nos levam para o Paraíso onde pendia, de uma árvore, o fruto maravilhoso que, se comido, daria conhecimento e felicidade; para os pomares, para o lugar onde se encontravam os amantes dos Cânticos dos Cânticos, que se acariciavam com palavras, chamando-se um ao outro pelo nome das frutas. Todo fruto pede para ser comido. E assim, por caminhos estranhos, descobrimos que há corredores subterrâneos que ligam os espaços dos teólogos aos espaços dos pomares, onde as frutas se oferecem ao desejo como objetos de prazer.

Retorno à palavra "fruição" e às suas relações com a fruta.

Por que se come uma fruta? A dietética, ciência da nutrição, responderia que frutas devem ser consumidas diariamente porque elas fazem bem à saúde. São úteis. A dietética guarda as frutas na Feira das Utilidades. As frutas devem ser comidas por razões racionais, práticas: vitaminas, sais minerais, fibras – coisas essenciais ao bom funcionamento do corpo, máquina que deve ser alimentada e lubrificada.

Confesso, entretanto, que só vejo pessoas comendo frutas por razões racionais quando elas estão doentes, hospitalizadas, e vem a carinhosa enfermeira raspando a maçã e dizendo: "*Coma que faz bem...*".

Mas eu nunca comi uma fruta em obediência ao imperativo categórico kantiano. Nunca comi uma fruta por motivos racionais. Não como frutas por razões dietéticas. Como frutas por razões estéticas: por puro prazer.

Cada fruta é um prazer diferente.

Há, primeiro, a erótica dos olhos: o vermelho dos caquis, das pitangas, das acerolas, das melancias; o amarelo das papaias, das seriguelas, das laranjas, das nêsperas; o verde dos *kiwis*; o branco das atas e frutas-de-conde; o roxo das romãs.

Vem, a seguir, a erótica dos cheiros: jacas, cajus, cajás, mangas, abacaxis, o jambo, a banana-prata.

Depois, a erótica das formas: as uvas, os cajus, as pitangas, as jabuticabas, as bananas, as carambolas, as romãs.

E a erótica do tato: os lambuzados das mangas e dos caquis, as sementes lisas que sobram das nêsperas, dos caquis, das pitangas, e que ficam como brinquedos dentro da boca, e o prazer crocante de enterrar a boca numa melancia...

Também a erótica do gosto, sobre a qual é desnecessário falar.

Gosto tanto das frutas como objetos eróticos que até comprei o livro *Frutas do Brasil*, com fotografias, por ordem alfabética, de abacate, abacaxi, abricó-do-Pará, açaí,

◉ À medida que envelheço retornam certas preferências infantis. Prefiro os livros de figuras aos livros de texto. Nas livrarias, vou sempre primeiro à seção dos livros de arte. Há os livros dos jardins. Dentre todos, o que mais amo, o *Verdes reinos encantados*, com os poemas que Cecília Meireles escreveu sobre os jardins, edição bilíngue, com maravilhosas fotografias. E também o *Jardins e riachinhos*, com textos do Guimarães Rosa. Há os livros de viagens (ah! o do Saramago, sobre Portugal, é maravilhoso! Talvez mesmo melhor do que ir lá...). Dos pintores, Bosch, Brügel, Monet, Kandinsky, Picasso, Klimt, Van Gogh, Paul Klee, Gauguin, Miró, Georgia O'Keeffe. E os de culinária, dentre os quais se destaca *O mais belo livro da cozinha italiana*, de Lorenza de Medici. Espero que você entenda que estas referências não são gratuitas. São gestos de sedução – o meu desejo é que você venha a gostar das mesmas coisas de que o meu corpo gosta. Toda escrita é uma tentativa de sedução. Espero também que você não estranhe esta digressão. Barthes, no texto já citado, disse que o seu método era "digressão", "excursão". A confissão dele me ajudou a aceitar esse movimento natural do meu pensamento, que se recusa a andar em linha reta. Na Feira das Utilidades, o pensamento marcha, anda em linha reta, não se desvia, é econômico, não aceita risos nem belezas – ah! as teses acadêmicas! –, segue o método. Na Feira da Fruição, o pensamento vai "ao sabor", dançando e brincando, vagabundeando. Pensamento-brinquedo, como disse Nietzsche. A razão brinca, quando está na Feira da Fruição. Aprender a brincar com o pensamento: esse deveria ser um dos mais altos alvos da educação. É só quando o pensamento brinca que as boas ideias chegam.

◉ Dar uma maçã a uma mulher é desejar-lhe boa saúde. Dar-lhe um caqui é fazer-lhe uma proposta...

acerola, araçá-boi, araticum, babaçu, bacaba, bacupari, até tamarindo, tangerina, tucumã, umari, umbu, uva, uvaia.◉

Come-se por prazer. Comer uma fruta é uma alegria. Não foi por acidente que os escritores sagrados, profundos conhecedores da alma humana, escolheram uma fruta como o lugar onde os deuses depositaram o seu saber. O saber dos deuses é comestível, saboroso, é *sapientia*.

Fiz até uma brincadeira – uma hipótese sobre o tal fruto, que os artistas sacros secularmente identificaram com a maçã. Acho duvidoso. A maçã é fruta por demais séria. Sua carne é rija. Deve fazer musculação. As mães têm de usar colherinhas para raspá-las e assim dá-las aos nenezinhos. Pudica. Não se despe por vontade própria. Só a poder de faca. Prefiro pensar que foi o caqui – fruto translúcido, de polpa escorregadia, transparente, e de carnes macias, sensíveis ao mínimo toque. Sim, sugiro que o caqui substitua a maçã como símbolo do desejo, no imaginário religioso.◉

Não admira que o poeta Heládio Brito tenha escrito, sobre o caqui, um poema maravilhoso que o coloca precisamente dentro do Éden e dentro da filosofia de Heidegger, poema que transcrevo como objeto inútil, puro objeto de prazer:

O caqui

O vento, o vento ali.
Mínimo sol por d'entre
galhos, de trás, de frente,
álacre, o caqui.

Um ser-aí. Cá, aqui.

Redondo gesto e gesta
vegetal, e uma festa
de cor, pingo no i.
Bem maior que a pi
tanga, menor que a manga,
o seu raio (ex)sangra,
dois, vezes o pi.

A pele trans (luz). Si
dá. A carne é mansa. E den
tro o hirto centro: semen
te do existir e hi

fen do prazer. Não vi?
E é fruta. E ou é fruto
do inconsciente? Abrupto
estar, não-ser-aí?

Ou é silêncio ou gri
to? Ou é sumo ou suma
teológica? Uma
fruta? Fruto-em-si?

Comi? Ou não comi?
E é acre. Doce. Pouca.
Nódoa, travo na boca.
E o vento, o vento ali.

Na Feira da Fruição estão os objetos que dão prazer: sua posse nos torna felizes. Como são esses objetos?

Repito o texto já citado de santo Agostinho: "Fruir uma coisa é amar esta coisa por causa de si mesma (*diligere propter se*); usar uma coisa é, por outro lado, utilizá-la para se obter uma outra coisa (*diligere propter aliud*)".

Quando uma coisa é usada para se obter outra, diz-se que ela é útil. Na Feira das Utilidades não há lugar para coisas inúteis. Tudo nela se justifica pela utilidade. Sem ser capaz de realizar a obra para qual foi criado, o objeto não mais se justifica. É jogado fora: uma lâmpada queimada, uma caneta esferográfica usada, um pneu que se gastou não merecem ser guardados. O mesmo se aplica às pessoas. As pessoas que perderam sua utilidade não mais se justificam numa sociedade utilitária. Ficaram obsoletas. Deixaram de poder ser usadas como ferramentas. Essa é a razão para a crise de identidade das pessoas em nossa sociedade: ou elas perderam a utilidade ou provavelmente perderão a utilidade. Os teólogos de outros tempos davam o nome de "justificação pelas obras" a esse princípio. A Reforma Protestante foi uma revolta contra ele. Ela compreendeu que, sob o império da justificação pelas obras, mais cedo ou mais tarde as pessoas ficariam obsoletas e perderiam sua identidade.

Os objetos da Feira das Utilidades, nós os mantemos porque eles são úteis e somente enquanto continuarem a ser úteis. Cessada a utilidade – a lâmpada queimada, a esferográfica esgotada, o carro velho – a razão prática diz que devem ser jogados no lixo. Utilidade é isso: quando uma coisa tem valor, não por causa dela mesma, mas por causa de uma outra que se pode obter por meio dela. O tubo de PVC, do meu amigo João, vale apenas pela jabuticaba que ele pode trazer do alto da jabuticabeira até a minha mão. E a minha mão, nessa operação, também vale porque ela pode levar a jabuticaba à minha boca, que é o seu destino. Esse é o sentido de utensílio ou de ferramenta. Utensílios são meios. Quem está usando uma ferramenta ainda não alcançou o objeto do desejo. Quem está viajando ainda não chegou.◉

◉ Quanto às viagens, é preciso notar que, dependendo de quem a faz, o simples estar indo é, em si mesmo, uma experiência de fruição. Em nada semelhante aos atarefados executivos que, no avião, *laptop* no colo, se concentram no trabalho. Para eles, o avião serve apenas como meio de transporte. Nietzsche se irritava com os turistas. "Eles sobem as montanhas como animais, estúpidos e suados: esqueceu-se de dizer a eles que há vistas maravilhosas no caminho que sobe..." (Walter Kaufmann, *Basic Writings of Nietzsche*, p. 163). Também Guimarães Rosa, que disse algo parecido com "a coisa não está nem na partida e nem na chegada. Está é na travessia". Alguns pensam a escola apenas como um meio, meio para passar no vestibular, puro tubo de PVC. Não será possível pensá-la como fim, como jabuticaba? O conhecimento, ele mesmo, não será um objeto de fruição?

Nos seis primeiros dias da criação, Deus criou a Feira das Utilidades. Deus trabalhou. O trabalho é a atividade que acontece na Feira das Utilidades. O trabalhador é o homem, visto em sua função de utilidade, homem-ferramenta, homem-a-fim-de. Marx diria: mercadoria.

Mas os objetos da Feira da Fruição, diz santo Agostinho, nós os amamos por causa deles mesmos. A jabuticaba, não a uso para nada: eu a usufruo. Ela não é utensílio, ferramenta ou meio. A posse do objeto do desejo é prazer, alegria, felicidade. Eu não o utilizo como meio para ir além porque não desejo ir além. Já cheguei. Não sendo utilizado, ele é inútil, não serve para nada. Não é para servir para nada.

Inutilidade é uma palavra assustadora. No mundo burguês, ela equivale a uma sentença de morte. O sociólogo Alvin Gouldner observa que o mundo burguês se iniciou quando as coisas e pessoas passaram a ser pensadas e valorizadas em função do uso a que se prestavam: utilitarismo. As coisas inúteis são jogadas fora. Poetas e artistas valem nada. O pai do filme *A sociedade dos poetas mortos* queria que o seu filho tivesse uma profissão útil. Desejava que ele fosse médico. Médico é utensílio. O Flautista e o Violinista da estória dos Três Porquinhos são inúteis moradores da Feira da Fruição. Já o sério Prático, pedreiro, é útil.

Um médico vale muito mais que

⦿ Fiz uma maldade. Pediram-me que falasse a um grupo de "terceira idade". Lá fui eu, disposto a lhes aplicar um *koan* budista. *Koan* é uma rasteira que se aplica com palavras. O seu objetivo é desarticular o jeito costumeiro de falar as coisas, a fim de que se abra o "terceiro olho". Anote: os olhos dependem das palavras. Diante do auditório cheio, olhando para os rostos e corpos marcados pela passagem do tempo, como o meu, inicio a minha fala dizendo: "E então, os senhores e as senhoras finalmente chegaram a este maravilhoso estágio em que podem se dedicar ao prazer de serem absolutamente inúteis!". Foi um pandemônio, revolta geral: todos queriam provar-me que ainda eram úteis – tendo portanto o direito de continuar vivos. Todos apresentavam as provas de que eram úteis, todos queriam morar na Feira das Utilidades, junto com as vassouras, espanadores, desentupidores de pia, pás de lixo, enxadas, rolos de papel higiênico, tudo isso muito bom, muito necessário. O problema é que, em nossa sociedade, o que não tem mais uso é jogado fora. Quando eu disse que eles eram inúteis, eles traduziram minha declaração como "Vocês só servem para ser jogados fora". E sua apologia da utilidade queria dizer: Merecemos continuar vivos!". Aí eu comecei a falar sobre as ninfeias do Monet, a música do Tom Jobim, um poeminha da Emily Dickinson, Jack Daniels, meu *bourbon* favorito, o cheiro da fumaça do cachimbo (já deixei de fumar, faz tempo, mas as delícias do cheiro me acompanham sempre), pão torrado + alho-raspado + tomate + azeite, o pôr do sol refletido nas águas de um charco, o barulho da água na bica: nada há que se possa fazer com eles. Não são ferramentas. Não são meios. Não levam a nada. São inúteis. Aí eles começaram a sorrir. Não, eles não estavam sob o domínio das obras, a vida não se justifica por aquilo que produzimos. Eles estavam sob o domínio da graça, a vida não precisa de justificativas. Essa é uma questão muito velha. E essas duas palavras que usei, obras e graça, nos remetem à briga entre protestantes e católicos, no século XVI, quando a Reforma aconteceu. E, por pura coincidência, nesse preciso momento em que escrevo, escuto a *Sinfonia nº 5* de Mendelsson (1809-1847), opus 107, a da Reforma. O último movimento está sendo tocado, e o tema é o hino da Reforma, "Castelo Forte" – "Eine feste Burg ist unser Gott!". A teologia católica dizia que Deus era administrador da Feira das Utilidades, tudo tinha de ser útil, inutilidade era pecado, era preciso ter obras para ir para o céu, e até inventaram um jeito de "comprar" obras de outros, chamado "indulgência". Os protestantes, ao contrário, diziam que Deus amava porque amava, não tinha contabilidade. Pode ser que Deus até administrasse a Feira das Utilidades, mas ele morava mesmo era na Feira da Fruição...

um artista de teatro. Imagino que ele iria se sentir muito envergonhado se alguém lhe perguntasse: "Qual a profissão do seu filho?", e ele tivesse de responder: "Ele é um ator de teatro."◉

Objetos da Feira da Fruição, inúteis: canto gregoriano, um pôr do sol, o cheiro do orégano, o perfume do jasmim, uma sonata de Mozart, um poema de Fernando Pessoa, um arco-íris, uma taça de vinho, uma moda de viola, um refresco de pitanga, um gole de pinga, um pião rodando no chão, um papagaio empinado no céu, uma boneca, um nenezinho, papo furado, uma piada, um palhaço, um mágico, um cachorro, a constelação Órion, uma tela de Vermeer ou Monet, um cafuné, um beijo, o voo de uma gaivota, o barulho do mar, um quebra-cabeça.

Não servem para nada. Não são ferramentas. Por que os amamos? Porque nos dão prazer e alegria.◉

Faz pouco tempo tomei conhecimento do que escreve Manoel de Barros. Ele é um ser da Feira da Fruição:

"Prefiro as máquinas que servem para não funcionar: quando cheias de areia, de formiga e musgo – elas podem um dia milagrar de flores. Também as latrinas apropriadas ao abandono me religam a Deus. Senhor, eu tenho orgulho do imprestável."◈

A Feira das Utilidades de santo Agostinho é o lugar onde se encontram os saberes a que Barthes se dedicava antes da metamorfose. E a Feira da Fruição é onde se encontram os sabores, lugar para onde ele se mudou depois que a velhice o tornou sábio. Quis gozar da companhia da Babette...

Na Feira das Utilidades, os objetos são conhecidos pelo uso que têm. Os usos são passíveis de conhecimento objetivo. A faca corta, o fogo queima, a pedra pesa. Essas qualidades são independentes dos meus sentimentos. A ciência se dedica a conhecer os objetos da Feira das Utilidades. A esse conhecimento dos objetos, independentemente dos

◉ Poema de Brecht: "Meu jardineiro me diz: o cão/ é forte e astuto e foi comprado/ para guardar o jardim. Mas o senhor/ criou-o como amigo dos homens. Para que/ recebe ele sua comida?". Para o jardineiro, o cão era uma entidade da Feira das Utilidades. Para Brecht, dono do cão, ele era uma alegria da Feira da Fruição... Podia ser inútil como guarda. Bastava sua inútil amizade...

◈ Manoel de Barros, *Livro sobre nada*, p. 57.

meus sentimentos, se dá o nome de objetividade.

Na Feira da Fruição, os objetos se dão a nós através do gosto. Mas o gosto não é objeto da ciência. O gosto não é passível daquilo a que, em filosofia da ciência, tem o nome de "teste intersubjetivo". Não há formas de saber se o gosto que sinto, da manga, é idêntico ao gosto que você sente da manga. Nossas reações à manga podem ser testadas – mas não o gosto. O gosto está além das palavras – por isso não pertence ao mundo da ciência. No mundo da ciência só entram objetos que podem ser ditos com precisão. "Aquilo que não pode ser dito deve ser calado", disse Wittgenstein. Essa regra é absoluta para a ciência.

Com o corpo é diferente. Ele se vale de uma epistemologia peculiar, onde não há as "coisas em si mesmas", da *Crítica da razão pura*, de Kant. Os objetos só são em relação a ele, corpo. Um objeto é aquilo que ele faz com o corpo. Gosto: o objeto, tal como ele é, para mim. A sonata de Mozart tem uma objetividade: ela está escrita na partitura, qualquer pessoa pode assim conhecê-la. Mas ela só existe como realidade estética quando é arrancada do seu túmulo de sinais e se torna música. Meu corpo vai então conhecê-la de uma forma que lhe é única e incomunicável (pode ser que minha pele se arrepie ou eu sorria de prazer...). Pode ser que outros nada sintam ou a achem horrível. Na Feira da Fruição, todos os objetos são conhecidos assim, eroticamente. Ali, a objetividade, no sentido científico de uniformidade universal indiferente, é desconhecida.

Na Feira das Utilidades moram os cientistas, isto é, aqueles que transformam os objetos em palavras. Moram os técnicos, isto é, aqueles que transformam palavras em objetos.

Na Feira da Fruição moram os sábios, os degustadores, aqueles que transformam os objetos em partes do seu próprio corpo. Degusto: não exercito poder sobre o objeto. Abandono-me a ele. Entrego-me. Deixo que ele faça amor com o meu corpo. Saborear e degustar são experiências amorosas. Não desejo conhecer, ocular e intelectualmente, um objeto distante do corpo, para assim poder exercer poder sobre ele. Nas palavras de Barthes: "nada de poder", "o máximo de sabor": o meu propósito é experimentar o objeto com o corpo. Conhecer o objeto por aquilo que ele faz comigo. Ele entra em mim.◉

◉ Nas Sagradas Escrituras, a palavra "conhecer" tem sempre o sentido de experimentar eroticamente. "E Adão conheceu a sua mulher e ela concebeu e deu à luz um filho..." (Gênesis 4,1). De um ponto de vista científico, o que seria conhecer uma mulher? Com a palavra os anatomistas, os ginecólogos, os sexólogos, os psicólogos. Cientificamente não é possível conhecer uma mulher: só se conhece a mulher, entidade universal abstrata, semelhante ao triângulo retângulo. Do ponto de vista bíblico, um homem conhece uma mulher quando ele faz amor com ela, quando experimenta seu gosto, aquilo que ela faz com seu corpo. A ciência conhece *a* mulher, entidade universal abstrata. *A* mulher não pode ser amada. Ela pode ser conhecida, manipulada. A poesia nada sabe sobre *a* mulher. Ela só sabe sobre uma mulher: aquela. Mesmo quando o poeta fala *a* mulher, na verdade está falando sobre as mulheres que ele, poeta, "degustou", gosto doce ou amargo...
A palavra amor desapareceu dos livros de educação. Os educadores, inconformados com sua condição de apenas "sábios" e mordidos por inveja em face de seus colegas cientistas (entidades de pesquisa, particulares ou governamentais, não dão verbas para pesquisar "sapiência" – eles só dão verbas para pesquisar "ciência"...), trataram de fazer da educação uma coisa científica. O que não é científico não goza de respeito. (Mas, o que é o "científico"?) Sendo coisa científica, o discurso pedagógico passou a morar na Feira das Utilidades. De lá, a palavra amor foi expulsa. Porque amor não é

Há também objetos que pertencem às duas feiras. Por exemplo: o seio da mãe é útil. Executa as funções de um mecanismo fornecedor de leite. Por meio do seio, o nenezinho se alimenta. Pertence, portanto, à Feira das Utilidades. Mas ele é também um objeto de prazer. Tanto assim que, mesmo depois de desmamada, a criança ama o seio. Como o seio lhe é negado, ela arranja um substituto (pobre!): chupa o dedo (atividade inútil. Do dedo não sai leite). Do ponto de vista da criança, o seio não é só maquineta de dar leite: ele é para ser chupado – atividade inútil que dá prazer. A criança brinca com o seio. Seio é brinquedo. Chupar é gostoso. O corpo gosta de chupar. As mães e os pais, com dó da criança e com dó de si mesmos, providenciaram um substituto: as chupetas. Para os pais, as chupetas são objetos úteis: fazem as crianças calar e dormir. Para as crianças, as chupetas são objetos de prazer. Chupam as chupetas até dormindo. Esse desejo infantil vai nos acompanhar pelo resto da vida.

Na psicanálise freudiana, o "infantil" é sinônimo de neurótico e regressivo. O amante que beija o seio da amada está sendo movido por desejos infantis de chupar o seio da mãe: está regredindo para a fase oral.

Na minha psicanálise, os desejos infantis são desejos eternos e divinos. Vale para a relação com o seio o que Fernando Pessoa disse da relação com a amada: "Quando te vi amei-te já muito antes./ Tornei a achar-te quando te encontrei...".◈ O infantil não é o regressivo: é o eterno, o que sempre foi, o que sempre será, o objeto da saudade e da nostalgia, o objeto perdido que se espera reencontrar no futuro.◉

Assim, os amantes desejam beijar e sugar o seio da mulher amada. Trata-se de atividade inútil: daquele seio não sai leite. O seio não é aparelho lactogênico. Ele é um brinquedo. O mesmo se pode dizer dos olhos, dos ouvidos, do nariz, da boca, das mãos, dos órgãos sexuais: todos os sentidos são ferramentas que executam operações úteis; pertencem à Feira das Utilidades. Mas são também lugares onde o prazer acontece. Pertencem à Feira da Fruição. Quando menino, eu invejava a habilidade de meu pai para descascar laranjas: sem partir a casca, sem ferir a laranja. O resultado eram aquelas cascas inteiras que, depois de secas, seriam usadas para ajudar a acender o fogo no fogão de lenha, e aquelas esferas brancas, perfeitas, sem um ferimento. Levou tempo mas aprendi. Quando descasco uma laranja, o canivete é um objeto da Feira das Utilidades: ferramenta de cortar. Mas ele me permite exercer minha habilidade através dele e isso me dá prazer. No ato de descascar uma laranja realizo a "vontade de poder" nietzschiana. Sorrio ao descascar uma laranja do jeito que meu pai fazia. O canivete, nas minhas mãos, se transforma num objeto da Feira da Fruição. Como se ele fosse um instrumento musical. Assim também é o uso preciso do martelo, o prego entrando na madeira sem equívocos e correções; o uso preciso da tempe-

ferramenta. A relação prazerosa foi colocada no limbo do não ser. Fez-se silêncio sobre ela. Quem fala sobre amor é piegas e não científico.
Uma vez, falando sobre a importância do amor na situação de aprendizagem, fui interrompido por uma educadora científica que me contestou.
Para provar o seu ponto, mencionou o ridículo das professoras que são tratadas como "tias" pelos alunos e chegam a colocá-los no colo.
Ela confundia amor com pieguice. O amor tem uma ilustre tradição filosófica, sendo central no pensamento de Platão (o mito do nascimento de Eros, no *Fedro*), de Agostinho, de Nietzsche, de Buber, de Freud.
O ideal das "ciências da educação" é pensar a relação ensino-aprendizagem como um processo objetivo, passível de ser repetido, semelhante aos processos de produção em fábricas.

◈ Fernando Pessoa, *Obra poética*, p. 480.

◉ Uma conexão com a terminologia psicanalítica.
A Feira das Utilidades é entidade do consciente, regida pela razão instrumental, cujo objetivo é conhecer e dominar a "realidade" ("princípio da realidade").
A realidade exterior acontece dentro do tempo linear, histórico, que anda sempre para a frente, vetor que sai do passado e vai para o futuro. A Feira da Fruição, entretanto, é regida pelo tempo circular, que anda para trás, na busca dos objetos amados perdidos. Tempo da saudade. A alma não quer ir para a frente.

ratura, da gordura, da espátula e do ovo para produzir o ovo frito perfeito, objeto de arte; o uso fácil e brincalhão das palavras para comunicar e seduzir. A técnica, puro meio, objeto da Feira das Utilidades, pode ser experimentada como ocasião de prazer. E quando isso acontece, ela goza de cidadania dupla: como entidade da Feira das Utilidades e entidade da Feira da Fruição. O cientista feliz é aquele para quem a sua atividade é puro prazer. O matemático Harvey sentia isso, tanto que se tornou famoso por um brinde que fez: "À matemática! Possa ela nunca ter utilidade alguma!".

As palavras, igualmente, são "objetos" moradores das duas feiras. As palavras nos dão conhecimento. Em sua função de dar conhecimento, elas pertencem à Feira das Utilidades. As palavras, jogadas de uma certa forma, transformam-se em ciência. A ciência é ferramenta útil. Mas as palavras moram também na Feira da Fruição. Lá elas se transfiguram. Transformam-se em poemas. Nos recôncavos das palavras mora o prazer. "O poeta nos dá uma grande alegria de palavras", diz Bachelard.◈ Poesia é brincar com as palavras – palavras/brinquedo: não valem pelo que significam, mas pelas brincadeiras que fazemos com elas. "Palavra poética tem que chegar ao grau de brinquedo para ser séria", diz Manoel de Barros.◈ A criança que brinca e o poeta são amigos íntimos!◉

Neruda amava brincar com as palavras.

"Sim senhor, tudo o que queira, mas são as palavras as que contam, as que sobem e baixam... Prosterno-me diante delas... Amo-as, uno-me a elas, persigo-as, mordo--as, derreto-as... Amo tanto as palavras... As inesperadas... As que avidamente a gente espera, espreita até que de repente caem... Vocábulos amados... Brilham como pedras coloridas, saltam como peixes de prata, são espuma, fio, metal, orvalho... Persigo algumas palavras. São tão belas

A alma quer reencontrar, no futuro, aquilo que ela amou e perdeu, no passado. Para a alma, o que se espera, no futuro, é o reencontro do Paraíso Perdido. Relembro o curto verso de T. S. Eliot: "E o fim de todas as nossas explorações/ Será chegar ao lugar de onde saímos/ E conhecê-lo então pela primeira vez."

◈ Bachelard, *A chama de uma vela*, p. 78.

◈ Manoel de Barros, *Livro sobre nada*, p. 71.

◉ A esse respeito, leia o poema de Alberto Caeiro (Fernando Pessoa, *Obra poética*, p. 209) sobre o Jesus Menino que voltou à terra e foi viver com ele.

que quero colocá-las todas em meu poema... Agarro-as no voo, quando vão zumbindo, e capturo-as, limpo-as, aparo-as, preparo-me diante do prato, sinto-as cristalinas, vibrantes, ebúrneas, vegetais, oleosas, como frutas, como algas, como ágatas, como azeitonas... E então as revolvo, agito-as, bebo-as, sugo-as, trituro-as, adorno-as, liberto--as... Deixo-as, como estalactites em meu poema, como pedacinhos de madeira polida, como carvão, como restos de naufrágio, presentes da onda... Tudo está na palavra..."◈

◈ Pablo Neruda, *Confesso que vivi*, p. 51.

As coisas que dão prazer sem ter nenhuma utilidade têm o nome de brinquedos. Empinar uma pipa, rodar pião, jogar sinuca, armar quebra-cabeças, pular corda, jogar xadrez. Haverá atividades mais tolas que essas? Tolas, sim, quando analisadas do ponto de vista da razão instrumental: ao final, tudo fica do mesmo jeito. Nada é produzido. A Feira das Utilidades declara: "Aqui não há lugar para tais atividades". São inúteis. Não servem para nada. Mas o corpo discorda. As ideias do meu corpo não são as ideias da minha cabeça. De fato, o mundo fica do mesmo jeito, diz o corpo. Mas não eu. Eu fico alegre. E a alegria se basta. Ela não deseja nada além dela! E assim, alegremente, o corpo deixa o trabalho para brincar. Um brinquedo é um objeto com que se faz amor, um objeto amado. E "cada objeto amado é o centro de um paraíso", diz Novalis.◈ O Paraíso mora dentro de uma caixa de brinquedos.

◈ Novalis, *Pólen*.

Sugestão poética para os teólogos: Deus como dono de uma loja de brinquedos. A sugestão não é original. Jacob Boehme◉ a fez muito antes. Para Boehme, o propósito da vida é brincar. "No brinquedo a vida se expressa na sua plenitude; portanto, o brinquedo como fim significa que a vida, ela mesma, tem um valor intrínseco... Quando Boehme se refere à vida de Deus tal como ela é em si mesma, ele se refere a ela como 'brinquedo'... Adão deveria ter se contentado em brincar com a natureza, no Paraíso. 'Da

◉ Jacob Boehme (1575-1624), teólogo místico.

◈ Citado por Norman O. Brown, *Life against Death*, p. 33.

mesma forma como Deus brinca com o tempo desse mundo externo, assim o homem divino interno deveria brincar com as coisas externas'. Adão caiu quando o brinquedo se tornou coisa séria."◈ O objetivo último da educação é ajudar-nos a permanecer crianças, ajudar- -nos a brincar sem que nos machuquemos. O "adulto", morador da Feira das Utilidades, é criado pela educação como servo da criança eterna. O adulto é um servo da criança.◉

Nas línguas inglesa e alemã, as palavras que se usam para brincar, "play", no inglês, e "spielen", no alemão, são usadas também para se referir ao ato de tocar um instrumento. Um mesmo verbo para se referir àquilo que uma criança faz e àquilo que o artista faz. Essa coincidência não é acidental. Essas línguas sabem que o brinquedo e a arte são a mesma coisa. Brinquedo e arte são inúteis. São fins em si mesmos. O seu propósito é dar prazer e alegria. Não posso garantir que o que vou escrever seja uma citação *ipsis verbis*, mas posso garantir que o espírito é verdadeiro. Palavras do existencialista russo Nikolas Berdjaev: no Paraíso não existe nem ética nem política; somente estética. Com o que concorda Nietzsche: "Estou convencido de que a arte representa a tarefa mais alta e a tarefa realmente metafísica do homem. [...] A existência do mundo só se justifica como um fenômeno estético".◈

O brinquedo e a arte são as únicas atividades permitidas no Paraíso. O poeta, o artista, a criança: esses são os seres paradisíacos. No Paraíso não existe trabalho. Existe apenas brinquedo e arte.◉

As crianças já nascem sabendo. Quando elas, através da educação, são transformadas em seres úteis, o Paraíso lhes é roubado: são obrigadas a se esquecer

◉ Zaratustra: "O corpo é uma grande razão... E um instrumento do seu corpo é também a sua pequena razão, meu irmão, a que chamas pelo nome de 'espírito' – um pequeno instrumento e um brinquedo da sua grande razão. [...] Há mais razão no seu corpo que na sua melhor sabedoria".

◈ FN I (I), p. 14, *O nascimento da tragédia*.

◉ A ária, cantilena, das *Bachianas brasileiras nº 5* (que estou ouvindo agora) é absolutamente linda. Mas é absolutamente inútil. Não há nada que eu possa fazer com ela. Fico a pensar: que magia contém a melodia – essa voz de soprano que canta sem dizer uma única palavra, agora o veludo do violoncelo, um lamento –, que magia ela contém que me faz querer chorar? Incompreensível combinação essa: sinto alegria pela beleza e, ao mesmo tempo, vontade de chorar. Aforismo de William Blake: "O excesso de tristeza ri; o excesso de alegria chora" (William Blake, *Poesia e prosa selecionadas*, p. 39). A *Valsinha*, do Chico, a sonata *Appassionata*, de Beethoven, o *Carinhoso* – todos são inúteis. Mas dão alegria. Sobre a *Appassionata*, transcrevo trecho da tese *A procura da palavra*, de Severino Antônio Barbosa, p. 115: "Máximo Gorki conta em suas memórias que Lênin, depois de ouvir sonatas do brinquedo e a viver no mundo do trabalho.

Recuperar a *sapientia* é lembrar-se da "filosofia" sem palavras que morava no corpo da criança. Nietzsche escrevia a fim de preparar o caminho para a volta da criança. O seu "homem-transbordante" (*Übermensch*) é uma criança. "Num homem real", ele dizia, "se esconde uma criança... que deseja brincar..."◈ Por oposição ao propósito utilitário de transformar as crianças em ferramentas (todo profissional é uma ferramenta), ele dizia: "A maturidade de um homem é encontrar de novo a seriedade que se tinha quando criança, brincando".◈ A companhia dos homens acadêmicos, sérios e pretensamente úteis, lhe fazia mal. Ele preferia a companhia das crianças.

"Gosto de me assentar aqui onde as crianças brincam, ao lado da parede em ruínas, entre os espinhos e as papoulas vermelhas. Para as crianças eu sou ainda um sábio, e também para os espinhos e as papoulas vermelhas."◈

Nos seis primeiros dias da Criação, Deus criou a Feira das Utilidades. Usou o trabalho, como atividade penúltima. No sábado, Deus criou a Feira da Fruição, o brinquedo, como atividade última. Quando a obra da criação terminou, o Deus trabalhador se transformou no Deus brincante, criança.◉

A ideia de separar as coisas em duas classes, as que podem ser usadas e as que devem ser fruídas, é de santo Agostinho. Chamar cada uma dessas ordens de feira é ideia minha. Essa separação ajudou-me a pôr ordem nos meus objetos. Quanto aos objetos que pus na Feira das Utilidades, objetos que vão da agulha à ciência, todos eles ferramentas, acho que santo Agostinho nada teria a opor. Mas ele me amaldiçoaria pelos objetos que pus na Feira da Fruição. Santo Agostinho, bispo,

de Beethoven, fez uma confidência: 'Não conheço nada de mais belo do que a sonata *Appassionata*; poderia ouvi-la todos os dias. Música surpreendente, sobre-humana. Digo-me sempre com um orgulho talvez ingênuo e pueril: 'Que maravilhas os homens podem criar!'. Mas não posso ouvir música constantemente, ela age sobre os meus nervos, tenho vontade de dizer tolices e de acariciar as criaturas que, vivendo num inferno assim, podem criar tanta beleza...'".

◈ FN II (II), p. 602, *Assim falou Zaratustra.*

◈ FN III (II), p. 75, *Além do bem e do mal*, BWN 273.

◈ PN 236 [FN II (II), p. 654, *Assim falou Zaratustra.*

◉ Uma nota teológica: os teólogos antigos se referiam à "opus proprium Dei" – a obra que pertence à essência mesma da divindade –, e à "opus alienum Dei", outra obra, que é estranha à essência da divindade, mas que é realizada por causa da "opus proprium Dei". O trabalho é "opus alienum Dei". O brinquedo é "opus proprium Dei". A Criação se realiza com a criança que brinca no Paraíso – que é a Feira da Fruição.

teólogo, não se contentava com nada que fosse menos que o eterno e o divino. Deus era, para ele, é o único objeto da Feira da Fruição. Todos os outros são apenas *meios* para o *fim* supremo e eterno do universo. Ele me acusaria de idolatria, que é, precisamente, considerar como fim e ter deleite num objeto que é apenas para ser usado como meio. Tal é o caso do sexo. Coloquei os órgãos sexuais primeiro ao lado das ferramentas e máquinas: aparelho reprodutor. O bispo aprovaria. Mas eu disse também que eles se encontravam na Feira da Fruição: brinquedos. Nisso ele me reprovaria. Porque para ele, pai do pensamento sexual das igrejas cristãs, sexo pelo prazer é coisa pecaminosa (veja o filme *O rei pasmado e a rainha desnuda*). Mas como me horroriza imaginar que Deus possa ser um ser narcísico que se considera o único objeto digno de fruição em todo o universo, tratei de encher a Feira da Fruição com uma infinidade de coisas boas. Pois acho que foi pensando no prazer e na alegria dos homens que Deus povoou o Paraíso com uma infinidade de coisas belas, perfumadas, musicais, delicadas e gostosas. Deus não se dá aos nossos sentidos. O que ele dá aos nossos sentidos é o Paraíso, o jardim.

As feiras de santo Agostinho são metáforas para uma filosofia de vida. Elas nos dão um paradigma de uma *sapientia,* de um jeito de viver. E esse paradigma nos diz que os objetivos da vida são o prazer, a alegria, a felicidade.

10 Segunda variação: filosofia

Nietzsche

"O meu nome é Zaratustra, e me espanto de que você me tenha pedido para tocar uma 'variação filosófica' na minha flauta. Com certeza você não me conhece. Sou músico. Mas a música que toco não agrada aos filósofos. Basta que eu comece a tocar para que os filósofos comecem a correr.

A flauta que tenho na mão é a flauta de Dionísio, o deus grego da alegria. Ela tem poderes mágicos, semelhantes aos da flauta do flautista de Hamelin. Quem ouve a sua música fica alegre e se põe a dançar."◈

◈ FN III (II), p. 1146, *Ecce Homo*, "O caso Wagner" #1.

Por isso os filósofos correm: eles têm medo de que eu, com minha música, os faça dançar. A dança é o que mais os amedronta. Porque dança é coisa que se faz com o corpo inteiro. Mas os filósofos não têm corpo. Eles só têm cabeça e olhos. É dos seus olhos que nascem os seus pensamentos. Não sabendo dançar, nem mesmo pensar eles sabem. Porque pensar é dançar com os pensamentos. Os pensamentos dos filósofos não dançam. Eles marcham, como soldados em ordem unida.

"Por muitos séculos esta flauta esteve enterrada. Desde Sócrates, quando a razão triunfou sobre o instinto. Foi nesse momento, quando a flauta de Dionísio foi enterrada, que a decadência do mundo grego começou".◈

◈ FN III (II), p. 1109, *Ecce Homo*, Prefácio, 2.

Essa flauta tem o poder mágico de acordar o instinto. Aqui já aparece o meu conflito com os filósofos: falei em magia. Para os filósofos, magia é superstição. Os filósofos não acreditam que as palavras tenham o poder de criar. As palavras são, para eles, apenas 'ferramentas' na oficina da razão. Eles 'usam' as palavras. Suas palavras pertencem ao mundo da 'utilidade'. Mas magia é, precisamente, criar pelo poder da palavra.

Em oposição aos filósofos, as palavras para mim são música. Eu as uso como quem toca um instrumento, porque elas são belas, porque elas são diáfanas pontes coloridas sobre coisas eternamente separadas, pelo prazer que me dão. As palavras fazem amor. Minhas palavras pertencem ao mundo do deleite, da fruição.

Faço isso não só por puro prazer, mas porque acredito que a beleza e a alegria são divinas. São elas que dão ao homem o poder de contemplar e viver a tragédia sem serem destruídos por ela. Foi assim que os gregos triunfaram sobre a tragédia: eles a transformaram em beleza. E ainda há alguns que me acusam de impiedade, de não acreditar em Deus. Como dizer isso, se a beleza existe? Acredito em Deus, sim, num Deus que dança...◉

◉ "Eu poderia crer somente num deus que dançasse. E quando vi o meu demônio eu o encontrei sério, rigoroso, profundo e solene: era o espírito da gravidade – por ele todas as coisas afundam. Não se mata por meio do ódio. Mata-se por meio do riso. Venham, vamos matar o espírito de gravidade! Agora estou leve! Agora eu voo! Agora um deus dança através do meu corpo" [FN II (II), p. 307, *Assim falou Zaratustra*, "Sobre o ler e o escrever"].

É verdade que, vez por outra, eu uso as palavras como ferramentas, por vezes como diapasão, para testar a afinação, às vezes como fogo, havendo alguns que chegaram a me acusar de incendiário, como martelos e marretas, para destruir, e até mesmo como pimenta...

Mas, se faço isso, eu o faço da mesma forma que o cozinheiro usa a faca e os fogos, da mesma forma que o escultor usa o martelo e o cinzel, da mesma forma que o jardineiro usa as cavadeiras e as enxadas, da mesma forma que o parteiro usa o fórceps: para que uma coisa nova, bela e alegre possa nascer. Todo criador tem de ser um destruidor.◉

Não é assim que os filósofos usam as palavras. A oficina deles só tem instrumentos de ótica: óculos dos mais variados tipos, lentes, microscópios, telescópios, prismas, velas, lanternas, lâmpadas, holofotes, e especialmente espelhos. Muitos espelhos. Os filósofos desejam ser espelhos, espelhos de cem olhos. Todos os outros instrumentos existem por causa dos espelhos. A filosofia deseja ser um reflexo, um reflexo apenas. A isso os filósofos dão o nome de verdade.◈

Stendhal descreveu com precisão o caráter do filósofo. "Para se ser um bom filósofo", ele disse, "é preciso ser seco, claro, sem ilusões. Um banqueiro que fez fortuna tem uma parte do caráter exigido para se fazer descobertas em filosofia, ou seja, para ver com clareza dentro daquilo que é."◈

Houve um outro pensador que disse que a única coisa que os filósofos profissionais queriam era interpretar o mundo. Ora, interpretar é refletir, produzir uma imagem. Mas até mesmo as mulheres vaidosas que passam o dia contemplando a sua imagem nos espelhos o fazem para ver se há formas de ficar mais belas. De forma alguma se conformariam com uma imagem feia. O mundo pede para ser transformado.

O deserto deseja ser um jardim. "Faça amor comigo!", diz o mundo. A que o filósofo responde: "Isso eu não posso. Para isso falta-me o órgão apropriado... Mas trago comigo uma câmera fotográfica. Que tal, em vez do amor, uma foto colorida?".

Os filósofos desejam ver. Mas a minha alma é de músico. O mundo, para mim, é um instrumento cósmico onde dormem as mais belas melodias. Os filósofos dizem que estão em busca da verdade. Mas a verdade, para eles, é o que é. Mas aquilo que é não pode ser a verdade.

◉ "Entre as condições para a tarefa dionisíaca estão, de uma forma decisiva, a dureza do martelo, a alegria mesmo em destruir. [...] Todos os criadores são duros..." [FN III (II), p. 1.140, *Ecce Homo*, "Assim falou Zaratustra", #8].

◈ FN II (II), p. 652, *Assim falou Zaratustra*.

◈ FN III (II), p. 603, *Além do bem e do mal*, p. 40.

A verdade do piano não é o piano: são as músicas que ele pode tocar. A verdade é o possível. Onde estava a sonata antes de ser tocada no piano? Estava no sonho do compositor. A verdade do universo está nos corações dos homens, no lugar dos seus sonhos. "Todos aqueles que tiveram de criar tiveram também os seus sonhos proféticos e sinais astrais – e fé na fé." Quem só reflete, como espelho, sem sonhar, é estéril.◈ Em que lugar do mundo se encontram as peças de Schumann, para serem refletidas? Em lugar algum. Daí minha tristeza ao contemplar os meus contemporâneos. Escrevi, para eles, palavras amargas e tristes.◉

A evidência de que o possível foi atingido, ainda que num momento fugaz, está na experiência de alegria. Na alegria, o corpo, encantado, está dizendo: "É isso mesmo! Assim é, assim deve ser!".

Tive essa experiência muitas vezes. Com a flauta de Dionísio eu desejo acordar o possível, fazer o mundo vibrar, como música. Não me basta ver sem tocar. Quero sentir o mundo estremecer de amor ao sentir o toque mágico das minhas palavras.

É isso que me separa dos filósofos: sou um amante. Tenho um caso de amor com o universo...

Toco a flauta de Dionísio para acordar o instinto. Instinto é a fonte transbordante de vida que borbulha dentro do corpo. Foi aí, nessa fonte de vida dentro do corpo, que encontrei a flauta de Dionísio.

Mas não salte para conclusões precipitadas, imaginando que eu pertenço ao rebanho dos psicanalistas. É verdade que também eles descobriram os instintos. Mas, tendo vergonha de tocar a flauta de Dionísio, por medo de que os filósofos os acusassem de feitiçaria, ao se aproximarem da fonte borbulhante de vida, as suas palavras agitam o lodo, e a água cristalina fica suja. Basta que falem para que

◈ FN II (II), p. 378.

◉ "Esta, na verdade, é a amargura das minhas entranhas, que eu não posso suportar vocês nem nus e nem vestidos, vocês, homens de hoje. Tudo o que é sinistro no futuro e tudo o que jamais fez pássaros fugitivos tremer é certamente mais confortável e familiar que a sua 'realidade'. Pois assim vocês falam: 'Somos reais, inteiramente, sem crenças ou superstições'. E assim vocês estufam os peitos – mas eles são ocos! [...]. Nos seus espíritos todas as eras tagarelam umas contra as outras; mas os sonhos e a tagarelice de todas as eras são mais reais que a sua vigília. Vocês são estéreis: essa é a razão por que vocês não têm fé. Porque todos os que tiveram de criar também tiveram seus sonhos proféticos e sinais astrais – e tiveram fé na fé. Vocês são portas semiabertas onde os coveiros esperam. E essa é a sua realidade: 'Tudo deve perecer'."

as flores se transformem em esterco e a felicidade se transforme em infelicidade.

Nisto eles revelam seu parentesco com seus ancestrais, os sacerdotes, que, como disse o poeta William Blake, "à semelhança das lagartas que escolhem as folhas mais belas para nelas botar os seus ovos, escolhem as nossas alegrias mais belas para nelas botar suas maldições".◈ Comigo é diferente: quando eu toco a minha flauta, os monstros se põem a rir. Gostaria que os psicanalistas ouvissem o que eu disse de Édipo, o seu herói: "Ele subjugou monstros, decifrou enigmas: mas é preciso que redima ainda os seus próprios monstros e enigmas, transformando-os em crianças celestiais. Até agora o seu conhecimento não aprendeu a sorrir e a ser sem inveja; até agora a sua paixão torrencial não encontrou a tranquilidade da beleza".◈

◈ William Blake, *The Portable Blake*, p. 254.

◈ FN II (II), p. 374, *Assim falou Zaratustra*, II, "Sobre aqueles que são sublimes".

Concordamos, os psicanalistas e eu, em que o corpo é um mar e "a consciência é a superfície".◈ Mas, em oposição às suas funduras sinistras, "o fundo do meu mar é tranquilo: quem poderia imaginar que nele vivem monstros brincalhões? Minhas profundezas são imperturbáveis. Mas elas cintilam com enigmas e risos nadantes".◈ Dentro de todos os abismos eu ainda levo comigo o meu "Sim" abençoante... – Mas isso, de novo, é o conceito de Dionísio.◈

◈ FN III (II), p. 1095, *Ecce Homo* #9.

◈ FN II (II), p. 372, *Assim falou Zaratustra*, II, "Sobre aqueles que são sublimes".

◈ FN III (II), p. 1136.

Os psicanalistas desconfiam dos instintos e chegam mesmo a falar de um instinto de morte. Para eles, o instinto é burro, irracional, só quer prazer. Daí o nome de "princípio do prazer" que o fundador da psicanálise deu ao princípio mais fundo da alma humana.

Eu concordo: o prazer, em si mesmo, burro e irracional. Mas, para mim, o que se encontra no fundo da alma humana, ali no lugar onde brotam as fontes das águas da vida, não é o desejo do prazer, mas o desejo da alegria. A alegria está ligada à beleza. A alegria é a marca da beleza.

A alegria é a prova dos nove... Sempre que se tem alegria pode-se saber que a beleza se mostrou. Freud falou no "princípio do prazer". Eu digo "princípio da beleza"...

Ah! Você pede uma imagem... É assim. Prazer é a experiência do orgasmo puro. Pode ser produzido até por masturbação. Alegria é o que sente o amante na simples memória do rosto da pessoa amada. O orgasmo, como todas as experiências de prazer, uma vez acontecido, esgota-se. Não se deseja mais. Prazer é descarga. A alegria, ao contrário, não se cansa. A alegria, pela simples memória do rosto da pessoa, continua suavemente. A alegria é a experiência de união com o objeto amado. O prazer tem a ver com o corpo, e só. A alegria, ao contrário, é uma experiência de amor: o corpo em harmonia com o mundo. Também eu desejo a razão. Mas, por oposição àqueles que pensam que a razão é um espelho do real, eu afirmo que a razão é um artista que toma o real como matéria-prima para transformá-lo, de sorte a produzir a beleza e a alegria. "A única felicidade está na razão. Mas a razão mais alta está na obra do artista, (que em tudo se assemelha) a gerar e educar um ser humano."◈

◈ Kaufman, *The Portable Nietzsche*, p. 50.

Vou fazer uma confissão que não deveria fazer, porque sei que os "filósofos" vão usá-la contra mim. Foi num longo período de doença que a minha filosofia nasceu. Foi então que "eu descobri de novo a vida, inclusive a mim mesmo. Foi então que provei todas as coisas boas, mesmo as pequenas, de uma forma que os outros não podem provar com facilidade. Transformei então a minha vontade de saúde, a minha vontade de vida, numa filosofia".◈ "Somente a minha doença me trouxe à razão."◈

◈ FN III (II), p. 1072, *Ecce Homo*, "Por que eu sou tão esperto" #2.

◈ FN III (II), p. 1072, *Ecce Homo*, (II) 1086, "Por que eu sou tão esperto" #2.

É preciso estar na iminência de perder as coisas para tomar consciência delas. A possibilidade de perder aguça a capacidade de sentir o gosto. Assim aconteceu comigo. Minha filosofia nasceu da mais alta afirmação da vida, "da abundância, da exuberância, do Sim sem reservas, mesmo ao sofrimento, mesmo à culpa, mesmo a tudo aquilo que é questionável e estranho na existência".◈

◈ FN III (II), p. 1109, *Ecce Homo*, "O nascimento da tragédia" #2.

Isso foi coisa que aprendi com os gregos: para se enfrentar o trágico é preciso que o corpo esteja possuído pela Beleza.

A doença, com a possibilidade da perda, transformou os meus olhos. Não me bastava espelhar o mundo dentro dos meus olhos. Eu queria possuí-lo, sentir o seu gosto bom. Isso que digo me apareceu "num sonho, no último sonho da manhã...".

"[...] eu me encontrava ao pé das colinas – além do mundo; tinha uma balança nas minhas mãos e pesava o mundo... Com que certeza meu sonho olhava para esse mundo finito – não fazendo perguntas, não querendo possuir, sem medo, sem mendigar... – era como se uma maçã inteira se oferecesse à minha mão, maçã madura e dourada, de pele fresca, macia, aveludada, assim este mundo se ofereceu a mim... – como se uma árvore me acenasse, galhos longos, vontade forte, curvada como um apoio, lugar mesmo de descanso para o caminhante cansado, assim estava o mundo ao pé das minhas colinas; como se mãos delicadas me trouxessem um escrínio, um escrínio aberto para o deleite de olhos tímidos, olhos que adoram, assim o mundo se ofereceu hoje a mim; não um enigma que assusta o amor humano, não uma solução que faz dormir a sabedoria humana: uma coisa boa, humana. Assim o mundo foi, para mim, hoje, embora tanto mal se fale dele..."◈

◈ FN II (II), p. 435.

Mas aqui é preciso ter cuidado. Nem todos aprenderam o segredo da alegria. "A vida é uma fonte de alegria; mas ali, onde a plebe também bebe, todas as fontes ficam envenenadas."◈ A estes, os mais desprezíveis, plebe, incapazes de dar à luz uma estrela, solo onde nenhuma árvore alta cresce – a estes eu apelidei de "os últimos homens".◈

◈ FN II (II), p. 346, *Assim falou Zaratustra*, II, "Sobre a compaixão".

◈ FN II (II), p. 284, *Assim falou Zaratustra*, I, #5.

Eles dizem ter inventado a felicidade. Pensam que felicidade é ficar assentados num charco, onde os naufrágios são impossíveis. Pensam que felicidade é conforto. Sonham com a "terra da Cocanha", a terra onde o vinho corre no leito dos rios, as paredes das casas são feitas de bolo, e os leitões e aves assados correm para a boca dos preguiçosos. Engordam, indolentes e estéreis, sob a sombra das árvores, incapazes de ficar grávidos e dar à luz. Jamais sobem as montanhas; jamais se arriscam pelos desertos; jamais navegam por mares deconhecidos.

Minha felicidade é outra. "Você nunca viu a vela que entra no mar, redonda, tensa e trêmula com a violência do vento? Como aquela vela, tremendo com a violência do espírito, a minha sabedoria entra no mar – minha sabedoria selvagem."◈

◈ FN II (II), p. 362, *Assim falou Zaratustra*, II, "Sobre os sábios famosos".

Há uma felicidade que só se experimenta quando se vive "como os ventos fortes, vizinhos das águias, vizinhos da neve, vizinhos do sol: assim vivem os ventos fortes. E como um vento forte eu desejo soprar...".◈ "O segredo da maior fertilidade e do maior gozo da existência é: vivam perigosamente! Construam as suas cidades debaixo do Vesúvio! Enviem os seus navios aos mares desconhecidos! Vivam em guerra com seus iguais e com vocês mesmos! Sejam ladrões e conquistadores...!"◈

◈ FN II (II), p. 356, *Assim falou Zaratustra*, II, "Sobre a plebe".

◈ FN II (II), p. 166, CA *(Ciência alegre)* #283.

Aos filósofos bastam os reflexos num espelho. Mas eu preciso de risos, de dança, de beleza. Por isso eu conto parábolas, faço aforismos, escrevo com sangue.◈

◈ FN II (II), p. 305.

Concordo com Kierkegaard, filósofo que nunca li: a verdade do coração, morada da alegria, não se encontra na letra; ela se encontra na música, além das palavras. Ensinar a alegria: é isso que eu desejo.

Escrevi que os sacerdotes são meus inimigos. "E, no entanto, meu sangue está ligado ao deles, e eu desejo saber que o meu sangue é honrado mesmo no deles."◈

◈ FN II (II), p. 348, *Assim falou Zaratustra*, II, "Sobre os sacerdotes".

Pois eles usavam boas palavras para falar dos mistérios dos seus sacramentos, sem saber que sacramentos são parábolas. Diziam que o pão e o vinho eram acidentes onde se escondia uma substância sagrada, o corpo de Deus. Digo o mesmo dos meus sacramentos: os meus saberes são apenas acidentes; a substância divina é alegria, o corpo de Deus que mora neles. Nessa eucaristia eu acredito. Essa eucaristia eu celebro. Os saberes são taças que transbordam de alegria. A minha escrita são as minhas mãos que se estendem, à procura de amigos.

Desejo aqueles para quem escrevo. Quero que eles dancem ao som da flauta de Dionísio, que é o símbolo da afirmação incondicional da vida, mesmo com todo o seu sofrimento e terror. É assim que entendo as palavras, meus brinquedos. "Palavras e sons: que são eles senão diáfanas pontes iridescentes entre coisas eternamente separadas?" (*'sind nicht Worte und Töne Regenbogen und Schein-Brücken zwischen Ewig-Geschiedenen?'*) "Não foi para isso que os nomes e os sons foram inventados, para que o homem encontrasse refrigério nas coisas? Falar é uma deliciosa loucura; por meio da fala o homem dança sobre todas as coisas. Que adorável é toda fala e o engano dos sons! Por meio dos sons, o nosso amor dança sobre arco-íris coloridos..."◈

◈ FN II (II), p. 463, *Assim falou Zaratustra*, III, "O convalescente" #2.

"Da minha beleza cresce uma fome... Dentro de mim há algo insaciável, que deseja poder ser dito. Um desejo de amor está em mim, desejo que fala a linguagem do amor."◈

◈ FN III (II), p. 1137, *Ecce Homo*, "Assim falou Zaratustra" #7.

E o que ela diz é que "vida é uma fonte de alegria", "e que o nosso pecado original é que temos tido muito pouca alegria". ◈ Para isso eu escrevo: para ensinar a alegria.

◈ FN II (II), pp. 354, 346.

Porque escrevo para fazer rir, para brincar, para mostrar a beleza, filósofo não sou. Sou bufão, sou criança, sou poeta...

Assim, para fora
da minha verdade-loucura
eu mergulhei,
para fora
da minha nostalgia pelo dia,
– cansado do dia, doente da luz,
mergulhei para o fundo,
para a noite,
para a sombra,
– queimado pela verdade,
e sedento:
Tu te lembras ainda
– te lembras, coração ardente –
de como tinhas sede?
Que eu seja exilado
de toda a verdade,
somente um tolo!
Somente um poeta!◈

◈ FN II (II), p. 810, *Assim falou Zaratustra.*

Ditas essas palavras, ele se pôs a rir. Tomou a flauta de Dionísio, começou a tocar e, à medida que tocava, foi ficando leve, leve, até que flutuou, dançante, no ar...

11 Terceira variação: economia

Marx

Violino

Pensei, inicialmente, que uma variação sobre o prazer, a ser composta por economistas, banqueiros e homens de negócios, deveria ser executada tendo como instrumento musical as caixas registradoras, das antigas e das modernas. As antigas, por seus sons metálicos e suas teclas que nos fazem lembrar de órgãos, cravos e pianos. Também as manivelas, que um *luthier* habilidoso poderia transformar numa "viela de roda", instrumento medieval que não mais se usa, mas que pode ser visto em museus e em telas de Brügel. As caixas registradoras modernas e seus sons eletrônicos fariam inusitados duetos com as vielas medievais, atestando assim o fato de que o dinheiro possui os atributos da divindade: ignora o tempo, é eterno. Tudo isso acompanhado por pandeiros, cujos sons fazem lembrar o tilintar do dinheiro... E os ritmos seriam sincopados e rápidos, como contraponto às extrassístoles e taquicardias que marcam o mundo das bolsas de valores.

Pensei que isso estaria em harmonia com a estética dos economistas. A maioria, de fato, concordou comigo. Mas houve um que protestou: era um velho de cabeleira e barba imensas, que fazia lembrar Walt Whitman. Encontrei-o, por acaso, assentado sozinho à mesa de um bar que eu frequentava. Bebia cerveja e fumava charuto. O fato de estar sozinho sugeria que se tratava, provavelmente, de um intelectual decadente ou aposentado. Assentei-me à sua mesa. Ele começou a falar.

Contou-me que seus discípulos o haviam abandonado. É comum que os filhos venham a se envergonhar dos pais. Isso acontece quando os pais, com o passar dos anos, vão ficando velhos. Com a velhice vem a verdade: com o enfraquecimento dos mecanismos de censura, os pais, outrora recatados e pudicos, começam a revelar um erotismo jamais imaginado, para vergonha dos filhos. Velhos não devem ter erotismo. Os filhos, então, não mais querem saber da sua companhia.

Às vezes acontece o contrário: os filhos se envergonham daquilo que os pais já foram, e tratam de separar o seu presente respeitável do seu passado duvidoso. Alguns chegam ao extremo de queimar arquivos fotográficos.

"Você está enganado sobre a economia", ele me disse em voz baixa. Parecia temer que alguém o ouvisse, como se estivesse dizendo uma heresia. "A economia não é a ciência das caixas registradoras, do dinheiro. Sei que, para muitos, é isso que ela é. Mas para mim é uma outra coisa: é a ciência do prazer." Dizer que a economia é a ciência do dinheiro é o mesmo que dizer que a culinária é a ciência das panelas. Alguns pensam que sou um economista como os outros porque dediquei grande parte da minha vida ao estudo do maior jogo de dinheiro jamais havido na história. Mas, se eu o fiz, foi porque eu queria decifrar os descaminhos do prazer. Estudei a panela para saber o que estava acontecendo de errado com a comida. Acho que o objetivo da vida é o prazer. Isto está inscrito em nossos próprios corpos. Nossos corpos não são máquinas produtivas – não pertencem inteiros à Feira das Utilidades. Sim, é claro, trabalhamos, produzimos. Mas somos diferentes dos animais. "Os animais constroem somente de acordo com os padrões e necessidades da espécie. Os homens constroem também de acordo com as leis da beleza."◈

◈ Erich Fromm, *Marx's Concept of Man*, Nova York, Frederick Ungar Publishing Co., 1964, "Manuscritos econômico-filosóficos", p. 102.

Gostamos dos livros, mesmo quando não derivamos de sua leitura nenhum resultado prático. O corpo contém uma certa exigência de "prazer inútil" – sem valor econômico. Desde jovem sonhei com uma condição em que o trabalho, à semelhança daquilo que acontece com os artistas, pudesse ser um motivo de prazer. O trabalho não apenas como meio de vida, mas o trabalho como brinquedo. As crianças brincam por puro prazer. Imaginava uma situação em que os homens, ao terminar o seu trabalho, sorririam de felicidade, e veriam o seu próprio rosto refletido em sua obra, da mesma forma como Narciso via o seu rosto refletido na água da fonte.◈

◈ Idem, p. 102.

Veja, por exemplo, os sentidos! Que prazeres extraordinários eles nos dão! É verdade que em sua condição bruta os sentidos somente atendem às necessidades elementares da sobrevivência. Um homem faminto não é capaz de fazer distinções sutis entre gostos refinados: angu ou lagosta – é tudo a mesma coisa. Saindo dessa condição bruta de existência, entretanto, os sentidos se refinam, desenvolvem-se, tornam-se sensíveis a prazeres que até então lhes eram desconhecidos. O grande trabalho da história, até agora, tem sido a educação dos sentidos. A história impulsiona o corpo humano na direção de uma exuberância dos sentidos cada vez maior. A história conspira para que os homens sejam cada vez mais felizes. "O cultivo dos cinco sentidos é o trabalho de toda a história passada."◈

◈ Idem, p. 134.

Eu entendo que a economia é a ciência dos *meios* necessários à realização erótica dos homens. Como tal, ela pertence à Feira das Utilidades. A economia é um instrumento para que os homens cheguem à Feira da Fruição.

"O que atormenta o meu pensamento", o velho continuou, "é uma contradição: a economia explica a riqueza das nações. Mas ela não consegue dar uma explicação aceitável para a miséria e a pobreza dos homens.

Meu pensamento oscilava: num momento eu sonhava os sonhos mais loucos e utópicos. Eram esses sonhos que eu queria ver realizados. Imaginava que os homens, um dia, conseguiriam arrebentar as correntes que os prendiam, e que poderiam então colher a flor viva da vida, tão próxima das suas mãos.◉

◉ Que ninguém nos ouça: eu procurava o caminho de volta ao Paraíso. Como poderia eu me esquecer do grande mito com que a Torah, livro sagrado do meu povo, se inicia?

Num outro momento meu pensamento deixava de sonhar e se voltava para as condições materiais da produção da história. Não que eu me esquecesse dos meus sonhos. Eu procurava a ciência como meio para a sua realização. Estudava as panelas e o fogo por amor à moqueca... Voltei-me para a história por acreditar que, sendo nela que a pobreza e a miséria dos homens era produzida, seria nela que elas seriam superadas. Se os problemas dos homens são criados na história, teria de ser nela que eles seriam resolvidos. Para se desfazer o nó é preciso saber como ele foi produzido. A atividade dos homens para produzir a sua vida – a isso eu dei o nome de práxis. Dei-me conta de que a teologia e as religiões, ao pregar que a história acontece pela atividade de Deus, impedia que os homens a compreendessem como resultado de sua própria atividade. As religiões, assim, têm um duplo efeito. O primeiro é a paralisia da inteligência dos homens. Se tudo acontece pela vontade de Deus, então é inútil tentar entender a história como produto das ações dos homens. O segundo é a paralisia moral. Se tudo acontece pela vontade de Deus, tudo é sagrado. E eu via os miseráveis operários sacralizando a sua miséria com o dito conformado: 'Deus quis...'

A história não se faz só com sonhos. Quem sonha com um banquete há de dominar a ciência das panelas e dos fogos. Tornei-me inimigo dos sonhadores ingênuos que pensavam que bastaria que os homens mudassem as suas ideias para que o mundo também mudasse. Moquecas não se fazem só com ideias e intenções. Quem quer mudar o mundo tem de ser um especialista no uso do fogo. Na história, esse uso do fogo tem o nome de política...

Não estranhe o meu uso das imagens culinárias. Só me atrevo a fazer uso delas longe dos intelectuais, nessa mesa de bar... Em um contexto acadêmico eles diriam que eu devo estar bêbado ou senil. Aqui eu posso me dar ao luxo de falar como um poeta. Aprendi muito com eles. Durante um certo tempo, inclusive, eu convivi com um intelectual maldito (ah! como os malditos são maravilhosos!). Sua filosofia tinha a beleza da poesia. Lê-lo era um deleite. O insólito dos seus conceitos se misturava com a beleza das suas imagens. Foi ele que chamou a minha atenção para a importância dos sentidos. O seu nome já tinha algo de culinário, fogo, 'Ribeiro de Fogo', Feuerbach. E culinária também era a sua metafísica, pois que se comprazia em dizer que 'somos o que comemos'. Na minha juventude fui seu discípulo, e sob a sua influência escrevi textos saborosos... O que, para os intelectuais, é sempre um pecado. Eles pensam que a verdade deve ser insípida.

Essa relação, depois que envelheci, passou a ser um motivo de embaraço para os meus seguidores. Causava-lhes mal-estar imaginar que eu havia sido influenciado por ele. Trataram, então, de queimar o arquivo. Desqualificaram os textos que eu escrevera, sob a alegação de que, ao escrevê-los, eu era jovem demais, imaturo, ainda não descobrira o caminho da ciência, e falava com as palavras imprecisas da filosofia. Espalharam, então, que tal fase perturbada havia terminado com uma tal 'cesura epistemológica', expressão que, traduzida, quer dizer: de repente, como uma cigarra que passa por uma metamorfose e deixa a casca, eu deixei a minha casca filosófica em algum lugar e me pus a voar com as asas da ciência. Era de um jeito, fiquei de outro. Falava sobre os homens, passei a falar sobre estruturas. Era humanista, virei estruturalista. E chegaram mesmo a dizer que, para ler os meus escritos, era preciso ter sempre em mente um rigoroso anti-humanismo metodológico. Estruturalista! Sim, é verdade que o capital funciona como uma estrutura. Como se fosse uma máquina, com suas leis próprias. Mas se eu assim o estudei, é porque queria desvendar o segredo dessa cozinha perversa onde os cozinheiros ficavam sempre com fome."

Com essas palavras, ele bebeu o que restava na caneca, enxugou a espuma do bigode, pediu outra cerveja, reacendeu o charuto que se apagara, enfiou a mão no bolso do paletó surrado, tirou de lá um livrinho e me deu com estas palavras: "A alegria é a prova dos nove. Esse livrinho fala sobre isso..." *Manuscritos econômicos-filosóficos de 1844*, esse era o título. Autor: Karl Marx.

Fez-se silêncio. Comecei a lê-lo. À medida que virava as páginas, eu não conseguia evitar as traduções culinárias que o texto me sugeria. Era como se a conversa não tivesse acabado, como se ele ainda continuasse ali, ao meu lado, falando.

Primeiro manuscrito: "O trabalho alienado": "Mas que história é esta? O trabalhador faz a comida e é um outro que come tudo, só lhe sobrando a raspa da panela?".

Segundo manuscrito: "Propriedade privada": "Mas claro! Tem de ser assim. O operário come a raspa porque ele não é o dono da panela. Quem é dono come a comida. Quem não é dono come o que sobra".

Terceiro manuscrito: "Que perversa transformação esta cozinha opera sobre os que comem da sua comida! Os homens são roubados dos seus sentidos, perdem a capacidade de sentir prazer!".

Perguntem a Babette qual é o fim da culinária... Ela responderá: "o prazer, a alegria!". E, para dar prazer e alegria, ela gastou tudo o que tinha. Ficou mais pobre de dinheiro. Ficou mais rica humanamente!

Perguntem ao dono do restaurante qual é o fim da culinária. Ele responderá: "o lucro". Claro que mesmo nos restaurantes capitalistas se serve o prazer dos sentidos. Mas a mola propulsora do "negócio" não é o prazer da comida; é o prazer da caixa registradora. Ah! Como é maravilhosa aos ouvidos do proprietário a sua música! Vá a um banco, vá a uma bolsa de valores! Lá, por acaso, se fala sobre os prazeres gastronômicos? De forma alguma. Lá se fala sobre o prazer que se tem num jogo abstrato que se joga sobre a lógica do verbo "ter".

Aí ele interrompeu a minha leitura e continuou.

"Veja, eu não estou dizendo que os indivíduos não mais sintam prazer. Há, no capitalismo, prazeres refinados, e muitos. Estou dizendo outra coisa: que dentro da sua lógica, dentro da 'razão capitalista', os prazeres não contam. Eles não são tomados em consideração, não são pensados como ponto de chegada da viagem. Para o capitalismo, o objetivo da viagem é um só: o lucro. E, assim, dentro da lógica do sistema, os restaurantes e as fábricas de armas estão no mesmo nível, são peões do mesmo jogo de xadrez. Ninguém, no pregão da bolsa de valores, se pergunta sobre quais ações estão ligadas às empresas que dão mais prazer. Quem fizer isso logo ficará pobre. A lógica do jogo do dinheiro exige que os prazeres dos sentidos sejam desconsiderados. Esse jogo perverso nos tornou 'tão estúpidos e parciais que somente consideramos nosso um objeto quando o possuímos, quando ele é utilizado de alguma forma. Assim, todos os sentidos físicos e espirituais são substituídos pela simples alienação de todos esses sentidos, ou seja, pelo sentido da posse [...]. Quanto menos você comer, beber, comprar livros, for ao teatro, aos bailes, às boates, quanto menos você pensar, amar, teorizar, cantar, pintar, tanto mais você será capaz de economizar e tanto maior será o seu tesouro. Quanto menos você for, tanto mais você terá...'. ◈

◈ Erich Fromm, *Marx's Concept of Man*, Nova York, Frederick Ungar Publishing Co., 1964, "Manuscritos econômico-filosóficos", p. 132.

O capitalismo só conhece as coisas passíveis de serem transformadas em mercadorias, isto é, coisas que podem ser fabricadas, vendidas e compradas. Mas o prazer não é dado automaticamente pelo ter. Posso ter o mais fantástico aparelho de som e a maior coleção de CDs. O prazer dependerá de uma qualidade espiritual minha, do meu ser, uma sensibilidade para a música, que não pode ser comprada por dinheiro. É preciso que os sentidos sejam educados! O prazer e a alegria crescem de uma relação erótica com o objeto, isso que se chama amor. E essa relação não pode ser comprada. Cresce de dentro.

O espírito do capitalismo dominou de tal forma a cabeça das pessoas que até mesmo aqueles que se dizem meus discípulos foram enganados. Veja o caso da educação. Os professores de 'esquerda' têm medo da palavra 'amor', e a julgam babaquice romântica. De fato, 'amor' é coisa que a ciência não consegue pensar. Preferem, os professores, considerar-se 'trabalhadores' que ganham pelas 'mercadorias intelectuais' que produzem de forma competente, sob a forma de um saber. Como professor, produzo tal mercadoria que vale tanto. Ignoram que isso é o que sempre detestei! Ao assim pensarem o ensino, eles o inserem na perversa lógica dos 'valores de troca'. Valor de troca é uma 'quantidade abstrata' que mora tanto num revólver quanto num jantar, e que permite essa equação horrenda, base de todo o jogo econômico: X jantares = Y revólveres. O prazer e a morte são a mesma coisa...

E em qual escola se gasta tempo na educação dos sentidos? Bobagem. Isso é coisa da Feira da Fruição – não circula no sistema. O que importa é a Feira das Utilidades – seus saberes úteis, transformáveis em mercadoria, passíveis de circular no mercado de trabalho. Por que gastar tempo no desenvolvimento das inúteis potencialidades do ser, na educação dos sentidos para os prazeres inúteis, insignificante do ponto de vista econômico, se os corpos podem ser transformados em unidades de produção? O que é um profissional? É um corpo, outrora portador de sentidos, que se transformou em ferramenta, utilidade. 'Quanto menos você for, mais você terá...'

Mas o que me entristece é que meus discípulos não entenderam nada do que eu disse. Acharam que prazer é coisa burguesa – como se os trabalhadores não gostassem de comida boa, de cerveja e de transar. Droga! Ficaram mais próximos do papa do que de mim. Meus discípulos ficaram com medo de que eu fosse considerado um babaca romântico. Transformaram-me num rigoroso economista. Um economista, de fato, vale muito mais como 'mercadoria' que um poeta romântico. Num *curriculum vitae* se pode escrever: 'Profissão: economista'. Mas só um louco colocaria 'poeta romântico'. Românticos não são mercadorias, não arranjam empregos... Estudei a panela por causa da moqueca. Estudei o violão por causa da música. Estudei o trabalho por causa da felicidade. Estudei o capitalismo por causa do prazer.

Aquela sua ideia de tocar a economia com caixas registradoras e pandeiro, música tocada em movimentos rápidos e ritmos sincopados, a *performance* acontecendo em bancos e bolsas de valores: isso não tem nada a ver comigo. O dinheiro tem de ser subordinado ao prazer, a utilidade tem de estar a serviço da alegria. Será que isso é possível? Ou será só um sonho? Bem sei que os experimentos fracassaram. E nem poderia ser de outra forma. Os novos cozinheiros não me entenderam: só trocaram o formato das panelas e o livro de receitas, substituindo o poder abstrato do dinheiro pelo poder sem face da burocracia. Minha esperança era de que nesse caldeirão chamado história, fervente ao fogo da dialética, se consumasse o preparo do prato escatológico do prazer: a educação dos sentidos e a produção do banquete, para todos.

O sonho não morreu. Ele continuará, para sempre. Pensei que ele morasse no coração da história. Pensei que a história tivesse coração. Talvez eu tivesse me enganado. Os sonhos só moram no coração dos homens. Somos incuravelmente românticos. Os homens haverão sempre de sonhar com o prazer e a felicidade.

Por isso, eu preferiria que a 'variação' que me cabe fosse tocada suavemente, ao violino, como fundo para um jantar à luz de velas, onde o amor e o prazer são servidos gratuitamente, e o corpo, embriagado de alegria, se pusesse a sonhar... Os membros do partido e as esquerdas vão me reprovar, e dizer que isso não combina com minha conhecida solidariedade operária. Eles não entendem. Pensam que ser solidário com pobre é gostar de pobreza. Ser solidário com pobre é sofrer a pobreza deles e sonhar sonhos de prazer e riqueza. Os sonhos são sempre a subversão da realidade. Trabalhador não sonha com angu e feijão – não é preciso sonhar, para isto basta abrir os olhos. Trabalhador sonha é com coisas bonitas e gostosas. Bem que gostariam de comer o que comem os patrões, e não só a raspa da panela. Está lá dito pelo Vinícius, no 'Operário em construção'. Porque, como disse muito bem o Joãozinho Trinta, 'quem gosta de pobreza é intelectual. Pobre mesmo, gosta é de riqueza...'."

Ditas essas palavras ele esvaziou a caneca de cerveja, apagou o charuto fedorento no cinzeiro, e se foi.

12 Quarta variação: culinária

Babette

Vocalise

1. Sabedoria e culinária

Em oposição aos filósofos acadêmicos, que, quando se fala sobre a forma de pensar corretamente, vão logo exigindo a leitura preliminar do *Discurso sobre o método,* de Descartes, eu digo que não é preciso ler livro algum, basta abrir bem os olhos, prestar atenção, meditar e concluir, a partir da contemplação do que faziam Babette ou Tita, na cozinha.

Para o caso de você ainda não saber quem são elas, Babette e Tita não eram filósofas, não viviam em bibliotecas, não escreviam livros. Eram cozinheiras maravilhosas, sábias que conheciam os segredos da alma e do corpo das pessoas. O meu conselho é que você separe tempo para degustar as suas estórias que podem ser ou vistas nos filmes *A festa de Babette* e *Como água para chocolate* ou lidas nos livros de mesmo nome.

Decidi aplicar-lhes o título acadêmico de sábias autorizado pela etimologia: *sapio,* em latim, quer dizer "eu saboreio". As cozinheiras são as mestras da arte de saborear. Merecem, portanto, o título de sábias.◉

◉ Sobre o filme *A festa de Babette*, escrevi alguns capítulos no livro *Lições de feitiçaria.*

2. *Sobre culinária e filosofia*

É certo que os filósofos não se ofenderiam se eu lhes falasse sobre as relações entre a filosofia e a arte. Na verdade, a filosofia com muita frequência toma a arte como o seu objeto.

Mas eles ririam de mim se eu lhes falasse sobre as analogias entre filosofia e culinária e sobre a necessidade de deixar um pouco as bibliotecas e frequentar as cozinhas, a fim de aprender as lições da Babette e da Tita.

Por razões que desconheço, a "arte culinária" nunca foi reconhecida como "arte" e não me recordo de filósofo que a tenha tomado, de forma sistemática, como objeto de pensamento. A culinária não consta dos currículos das escolas de arte, ao lado da música, da pintura, da escultura, da dança. Os pais se orgulhariam em dizer que o filho se formou em "engenharia de alimentos". Mas os seus sentimentos seriam diferentes se o seu título fosse "bacharel em culinária" – profissão: cozinheiro. A culinária nunca recebeu o reconhecimento acadêmico e a dignidade filosófica que as artes dos olhos, as artes do ouvido e as artes do corpo desfrutam. Um tratado de estética é impensável sem referências à música, à pintura e à dança. Mas sobre a comida, o silêncio é completo. As várias artes têm por objetivo produzir a beleza – mesmo que trágica ou lúdica! – a fim de oferecê-la aos vários sentidos. Todas as artes têm por objetivo oferecer prazer aos sentidos. Na poesia, o prazer se faz com palavras. Na escultura, com ferro, pedra, madeira. Na pintura, com luz e sombras. Na música, a beleza se faz com sons e silêncios. E, na culinária, a beleza se oferece como sabor: gosto e cheiro. E também como cor e forma! A culinária pertence também às artes plásticas!

O fato, entretanto, é que muitos filósofos têm reconhecido as relações entre as funções digestivas e as funções de pensamento. Santo Agostinho, por exemplo, via essa relação analógica, se espantava com ela, mas a aceitava:

"Sem dúvida a memória é como se fosse o estômago da mente, [...] e a alegria e a tristeza são como comida doce e comida amarga. Quando essas coisas são entregues à memória, é como se elas passassem para o estômago onde ficam guardadas, sem ser degustadas. É absurdo pensar que essas coisas são semelhantes umas às outras e, no entanto, elas não são totalmente diferentes."◈

◈ Agostinho, *Confissões*, livro 10, capítulo 14.

Muitos séculos depois, Novalis medita sobre a mesma analogia filosofia/culinária e anota:

"O filósofo vive de problemas, como os homens dos alimentos. Um problema insolúvel é um alimento indigesto. [...] O que é o tempero nos alimentos, é o paradoxo nos problemas. Verdadeiramente solucionado é um problema quando ele, como tal, é aniquilado; o mesmo vale para os alimentos."◈

◈ Novalis, *Pólen*, p. 164.

Ludwig Feuerbach, que tanta influência exerceu sobre Marx, chegou ao ponto de afirmar que "o homem é aquilo que ele come", tornando assim a antropologia dependente das funções gastronômicas.

Nietzsche, igualmente, sabia da analogia entre pensamento e digestão. Deixou uma série de observações sobre a relação entre filosofia e culinária. Em *A ciência alegre*, ele pergunta: "Será que conhecemos os efeitos morais do alimento? Existirá, por acaso, uma filosofia da alimentação?".◈ E já mencionei a risada que ele dá ao fazer uma observação sobre a relação entre a comida e o espírito alemão: "você irá entender a origem do espírito alemão – de intestinos perturbados. O espírito germânico é uma indigestão...".◈

◈ FN II (II), p. 41.

◈ FN III (II), p. 1083, *Ecce Homo*, "Por que eu sou tão esperto" #1.

Há uma passagem comovente em que ele, pela boca de Zaratustra, compara os seus ensinos a figos: "Os figos caem das árvores; eles são bons e doces; ao cair, suas peles vermelhas se arrebentam, abertas. Eu sou o vento norte que amadurece os figos. Assim como figos esses ensinamentos caem sobre vocês, meus amigos. Agora consumam o seu suco e a sua carne doce. À nossa volta tudo é outono, céu puro e entardecer".◈

◈ FN II (II), p. 343, *Assim falou Zaratustra*, II, "Sobre as ilhas abençoadas".

Os artistas, dentre todos, são os que de maneira mais clara se valem dessa analogia para pensar melhor. Os artistas sabem que suas obras não são para ser compreendidas, mas para ser degustadas. Pensar e comer são a mesma coisa. Cito de novo o Murilo Mendes:

"No tempo em que eu não era antropófago, isto é, no tempo em que não devorava livros – e os livros não são homens, não contêm a substância, o próprio sangue do homem?"◈

◈ Murilo Mendes, *A idade do serrote*, p. 9.

E Mário Quintana:

Eu sonho com um poema
Cujas palavras sumarentas escorram
Como a polpa de um fruto maduro em tua boca,
Um poema que te mate de amor
Antes mesmo que tu lhe saibas o misterioso sentido:
Basta provares o seu gosto...◈

◈ Mário Quintana, *Prosas & verso*, p. 94.

E Pablo Neruda:

Persigo algumas palavras. São tão belas que quero colocá-las todas em meu poema... Agarro-as no voo, quando vão zumbindo, e capturo-as, limpo-as, aparo-as, preparo-me diante do prato, sinto-as cristalinas, vibrantes, ebúrneas, vegetais, oleosas, como frutas, como algas, como ágatas, como azeitonas...◈

◈ Pablo Neruda, *Confesso que vivi*, p. 51.

E vale citar Salvador Dali, que filosofou pintando. Jovem ainda, pensou em ser cozinheiro. Felizmente seu desejo infantil não se realizou. Mas o surrealismo é uma transposição para a pintura da alquimia culinária.◉

É possível compreender as operações do pensamento e os mecanismos do ensino e da aprendizagem através de suas analogias com a culinária e as funções digestivas.

Os cozinheiros que não levam a sério a importância do prazer na comida que servem perdem logo o emprego. Infelizmente, o mesmo não acontece com os professores e filósofos. Quando o aluno não aprende, o culpado é sempre o estômago do aluno, que é acusado de incompetência digestiva. Em relação aos filósofos, a situação é mais grave, pois o respeito que lhes é atribuído parece estar na razão inversa do prazer da sua comida: quanto mais indigesta e insossa é a comida, mais profunda e mais verdadeira. No campo da filosofia, quem serve comida gostosa não é bem-visto.

Claro que Bachelard conhecia e se deleitava nas alegrias do ver. Ver é uma felicidade. No seu maravilhoso ensaio "Introdução à Bíblia de Chagall", ele diz: "O Paraíso é, antes de tudo, um belo quadro".◈ Mas ele conhecia também as armadilhas do olhar: para se ver bem é preciso estar longe do objeto. Somente os míopes veem de perto. Isso é o contrário do comer: para se comer é preciso que o objeto esteja perto, muito perto. Mais precisamente: ele há de estar dentro da boca.

A boca é, ao mesmo tempo, o lugar do comer e do falar. Tal coincidência não é acidental. A se acreditar nas fantasias da psicanálise, a primeira palavra surgiu quando a boca da criancinha se viu privada do seio. O corpo, para suportar a perda daquele objeto de prazer oral, colocou uma palavra no lugar da sua ausência: a boca, sem o seio, fala. Daí, a equação: palavra = comida. "Não só de pão viverá o homem, mas de toda palavra..." Mas quem sabe disto não são os filósofos, e sim os poetas.

◉ Sobre a relação entre culinária e surrealismo, ver a crônica "Dali", *Correio Popular*, Campinas, 16/2/97. É dele a afirmação: "Os órgãos mais filosóficos do homem são as mandíbulas". Acho que a dificuldade dos filósofos em aceitar a relação analógica filosofia/culinária se deve ao fato de que parte da etiqueta do escrever filosófico está em produzir textos feios. Como se um texto, por ser belo, se contaminasse com a literatura ou a poesia, perdendo assim suas credenciais filosóficas.

◈ Bachelard, *O direito de sonhar*, pp. XVII, XIX, 9.

3. *O saber da cozinheira*

A cozinheira: por onde se inicia o preparo do banquete?

Se me disserem que o banquete se inicia na cozinha, com as panelas, fogões, utensílios, ingredientes e tempero, eu direi que estão errados. O banquete se inicia com uma decisão de amor.

Babette, com pena das pessoas mirradas e mesquinhas que a inveja e o ressentimento tornara insensíveis, na aldeia em que vivia, prepara um banquete que lhes daria uma experiência inesquecível de prazer, beleza e generosidade.

Tita, proibida pela mãe de amar o seu amado, prepara os sabores que lhes permitissem fazer, na mesa, o amor que não podia fazer na cama.

O nutricionista, ao preparar um jantar, se pergunta sobre o equilíbrio científico dos vários componentes alimentares que irão compor a refeição. Pondera as utilidades: vitaminas, carboidratos, proteínas. Cozinha para alimentar quem come. Deseja matar a fome de quem come. Seu evangelho reza: "Bem-aventurados os que têm fome porque eles serão fartos".

A cabeça da cozinheira funciona ao contrário. Não considera vitaminas, carboidratos e proteínas. Sua imaginação está cheia de sabores. Sonha com os efeitos que os sabores irão produzir no corpo de quem come. Não quer matar a fome. O que ela deseja é fazer amor com quem come, através dos sabores. Quando a fome está satisfeita, o festival de amor chegou ao fim. "Não quero faca nem queijo. Quero é a fome", diz Adélia Prado.◈ Gostaria que o texto evangélico fosse outro: "bem-aventurados os que têm fome porque eles terão mais fome". A cozinheira deseja que o seu convidado morra de prazer!

◈ Adélia Prado, *Poesia reunida*, p. 155.

O que cozinhar? Sua decisão inicial exige um conhecimento que não se encontra em livros. Ela tem de ser uma adivinha: precisa conhecer o desejo de quem vai comer, a sua geografia erótica, as curvas onde o seu prazer desliza. Matar a fome é fácil. Qualquer angu com feijão faz isso. O que se pretende não é matar a fome. É o seu contrário: provocá-la. O que os amantes buscam, na erotização dos seus corpos, não é o orgasmo e, com ele, a morte do desejo. O que eles desejam é a alegria de ver crescer a fome do outro. Fome, desejo: palavras diferentes para designar um mesmo mistério.

O desejo não é coisa universal. Não se deseja "em geral". Quem gosta de tudo não gosta de nada. Quando se gosta de tudo, de qualquer coisa, é porque as coisas são todas iguais, indiferentes. Ah! Como Babette e Tita se sentiriam ofendidas se, aos convidados, qualquer coisa servisse. Aliás, no caso da Babette, o que os convidados tentaram fazer, com medo de que o banquete fosse um ritual de feitiçaria, foi exatamente isso: não sentir o gosto da comida, fazer com que tudo fosse igual, indiferente.

A essa delicada arte de discriminar as sutilezas do desejo se dá o nome de "crítica". A palavra crítica foi e é usada *ad nauseam* para definir o objetivo da educação. "O objetivo da educação é criar uma consciência crítica", papagueiam os pedagogos, pensando que crítica é bisturi científico. Mas as conotações da palavra são culinárias. Crítica deriva do verbo grego *krinein*, que significa julgar, separar, distinguir.

Mas isso o saber científico não consegue fazer. Um amigo meu, professor da engenharia da Unicamp, comentou que, se se matriculasse um computador num cursinho, ele tiraria sempre nota máxima em todos os testes, passaria em primeiro lugar no vestibular, "salvaria" na sua memória tudo o que fosse ensinado. Em tudo ele seria superior aos seus colegas humanos. Menos num detalhe: uma pergunta ele não saberia responder: "De tudo o que você estudou e aprendeu, o que foi aquilo de que mais gostou?".

Gostoso, bom para comer, pode ser engolido.

Ruim, mau de se comer, deve ser cuspido: essas são as duas categorias básicas do pensamento do corpo.

O degustador é o crítico. Ele não come. Ele apenas coloca a comida na boca. Submete-a à prova do corpo. E ao corpo caberá fazer o julgamento e dar a sua sentença. O sabor tem sempre a palavra final.

O corpo da cozinheira sabe as regras do correto pensar. Digo "o corpo sabe" porque há um saber que mora na cabeça e pode ser dito por meio de palavras, e um outro saber que mora no corpo e não precisa ser dito por meio de palavras. E, como bem o ensina a psicanálise, com frequência os dois não estão de acordo. "O meu corpo não tem as mesmas ideias que eu", diz Barthes.◈ Parodiando Pascal: "O corpo tem razões que a própria razão desconhece".

◈ Roland Barthes, *O prazer do texto*, p. 26.

O saber que mora na cabeça é cartesiano, depende de luz, de contornos precisos e de espelhos. É o saber que, para existir, precisa de consciência. A consciência é um espelho.

O saber que mora no corpo, entretanto, vive na deliciosa ignorância de si mesmo. Não tem necessidade de ver-se refletido em espelhos para existir. Ele sabe sem ter necessidade de saber dizer-se. É assim que falamos a nossa língua, sabendo sem saber as regras da gramática. Se o saber das regras da gramática estivesse presente no ato de falar, todos gaguejaríamos ao falar. Se o pianista, no ato de tocar, tivesse consciência daquilo que deve ser tocado, seus dedos tropeçariam ao tocar, porque a música é mais rápida que o pensamento. Vale para o saber metodológico da cozinheira o curto aforismo de Guimarães Rosa: "O que um dia vou saber, não sabendo, eu já sabia...".◈

◈ Guimarães Rosa, *Tutaméia*, p. 146.

É o caso dos olhos: eles veem tudo, menos a si mesmos. O olho que se vê é cego. A cozinheira não se vê, não sabe a cor dos seus olhos, não sabe o seu saber, não tem as palavras para se explicar. De fora, como observadores, nós a vemos em ação, e vemos tanto a cor dos seus olhos quanto o seu pensamento tomando forma na coreografia dos seus gestos culinários. Babette e Tita se movimentam de maneira simples, clara e eficaz. Sabem qual é o objeto do seu desejo. E sabem o que deve ser feito para produzi-lo. Essas duas coisas, (1) o conhecimento do desejo e (2) o conhecimento do que fazer para produzi-lo são o resumo da sabedoria.

4. A moqueca

A decisão foi tomada: o prato a ser feito é uma moqueca.

Essa decisão inicial não tem porquês. Ela não surge como a conclusão de um silogismo. É possível à ciência fazer uma análise dos elementos físico-químicos e fisiológicos do gosto, do cheiro, das cores, das sensações táteis, todos eles envolvidos no prazer da comida. Mas eles não são "razões" para o prazer. O saber que mora na cabeça pode ser convencido por meio de argumentos e razões. Mas o corpo dispensa argumentos e razões. É de Ângelo Silésio, místico medieval, este versinho enorme, que Jorge Luis Borges repete:

A rosa não tem porquês.
Ela floresce porque floresce.

Faço verso semelhante sobre o gosto:

O gosto não tem porquês.
É gostoso porque é gostoso.

Uma comida, para ter gosto bom, há de ser a realização culinária de um sonho. A cozinha é o laboratório alquímico onde os sonhos, pela alquimia culinária, são transformados em comida.

5. *O sonho, o poder, a inteligência*

À visão inicial, a moqueca, não passa de um sonho. Fantasia. Existe apenas como objeto da imaginação. Na imaginação tudo acontece magicamente, imediatamente. O simples desejo faz a coisa aparecer. Mas acontece que moquecas sonhadas não podem ser comidas. Não dão prazer a ninguém. Para ser servida, uma moqueca sonhada tem de ser transformada em moqueca real. A culinária é a arte de transformar sabores sonhados em sabores reais.

Emily Dickinson tem um comovente poeminha que diz assim:

Para fazer uma campina
Basta um só trevo e uma abelha.
Trevo, abelha e fantasia.
Mas, na falta da abelha,
Basta a fantasia.◈

◈ Emily Dickinson, *Poemas*, p. 99.

Escrevo assim a sua versão culinária:

Para fazer uma moqueca
Bastam peixe, fogo e uma panela.
Peixe, fogo, panela e fantasia.
Mas, na falta do peixe,
Basta a fantasia.

Bem que eu gostaria que moquecas pudessem ser feitas só com peixes imaginários. Assim, não haveria fome no mundo. A imaginação se encarregaria de realizar o milagre da multiplicação infinita não só de peixes como também de pães. Mas, como Feuerbach observou, "o poder do milagre é nada mais que o poder da imaginação".◈ O poeminha é, assim, uma invocação do milagre.

◈ Ludwig Feuerbach, *A essência do cristianismo*, p. 155.

Infelizmente, o corpo discorda da Emily Dickinson, a quem muito amo. Uma moqueca fantasiada é nada para um estômago vazio: nem lhe mata a fome, nem lhe dá prazer. Pelo contrário, o sonho de um objeto desejado, sem que haja a possibilidade de possuí-lo, é um sofrimento sem fim. Como sofreu o pobre Fiorentino Ariza, herói de *Amor nos tempos do cólera*, quando sua amada Firmina Dazza, por imposição do pai, foi obrigada a se casar com o dr. Urbino. Imaginem agora que eu, compadecido da sorte do pobre Fiorentino e sob a inspiração do poeminha da Emily, lhe compusesse um parecido, à guisa de consolo:

Para se fazer amor
Bastam um homem e uma mulher.
Um homem, uma mulher e fantasia.
Mas, na falta da mulher,
Basta a fantasia...

É claro que o Fiorentino tomaria isso como gozação da minha parte, possivelmente a mando do dr. Urbino. De forma alguma lhe bastaria a fantasia dele e Firmina abraçados... Ao amor não bastam os símbolos; ele quer a coisa. Até mesmo um especialista em símbolos, como o Álvaro de Campos, sabia disto:

Símbolos? Estou farto de símbolos...
Mas dizem-me que tudo é símbolo.
...
Bem, vá, que tudo seja símbolo...
Mas que símbolo é, não o sol, não a lua, não a terra,
Mas neste poente precoce e azulando-se
O sol entre farrapos finos de nuvens,
Enquanto a lua é já vista, mística, no outro lado,

E o que fica da luz do dia
Doura a cabeça da costureira que para vagamente à esquina
Onde demorava outrora com o namorado que a deixou?
Símbolos? Não quero símbolos... Queria
– pobre figura de miséria e desamparo! –
Que o namorado voltasse para a costureira.◈

◈ Fernando Pessoa, *Obra poética*, p. 394.

Cozinhar é uma operação alquímica cujo objetivo é transformar a fantasia em realidade, fazer com que o Fiorentino e a Firmina se abracem e façam amor... Para isso transformações profundas têm de acontecer. Um objeto exterior ao corpo, duro, indigesto, sem gosto, e por vezes até mesmo venenoso, como é o caso do famoso e delicioso "pato no tucupi", do Pará, que é feito com as ácidas folhas de mandioca brava, tem de deixar de ser o que é para se transformar em outra coisa, semelhante ao próprio corpo, macia, assimilável, saborosa. Para o corpo, o sabor é a prova dos nove. É ele que decide se a comida a ser comida deve ser saboreada e comida, ou simplesmente cuspida, ou mesmo vomitada. Cozinhar, para se usar a linguagem hegeliana, é uma "objetivação do espírito", um triunfo do desejo sobre a natureza indiferente e hostil, um sonho que o trabalho transformou em objeto, para que, assim, o corpo possa experimentá-lo como prazer.

Mas as transformações não acontecem simplesmente pela força do pensamento. Pelo que sei, só existe um lugar, no universo inteiro, onde o puro pensamento é capaz de mover a matéria. Esse lugar é o corpo. No corpo, a gente pensa na moqueca e a boca fica cheia d'água. O Fiorentino pensa na Firmina, e as lágrimas correm. O corpo é o único lugar onde a magia é verdadeira. Para se aplicar magia a outras coisas é preciso que se acredite que o universo é um corpo como o nosso. Como a cozinheira sabe que fogo e panelas não se movem pela força do pensamento, por positivo que seja, ela cuidou que na cozinha estivessem todas as ferramentas do poder necessárias à sua arte. Lá se encontram o fogo, as facas, as panelas, os garfos, os caldeirões, os raladores, os almofarizes – todos eles ferramentas de poder, sem as quais as transformações não acontecem. As cozinheiras, mais sábias que os tolos filósofos, sabem a verdade daquilo que Nietzsche disse: "A vontade só existe onde existe vida: não a vontade de vida (o que não existe não pode querer!) – assim eu lhes ensino –, mas vontade de poder".◈ Assim, acho-me em condições de dizer uma palavra de conforto àquele pensador solitário, que sabia que os eruditos não o consideravam erudito. Somente as papoulas e as crianças davam ouvidos às suas palavras. Eu acrescento: as papoulas, as crianças e as cozinheiras, Frederico, as cozinheiras...

◈ FN II (II), p. 372.

Mas fogo, facas, panelas, garfos, caldeirões, raladores e almofarizes são poderes cegos, desordenados e sem direção. Eles nem sabem o que fazer, nem como fazer.

Se é verdade que o sonho sem a técnica é impotente, verdade é também que a técnica sem o sonho é burra.◉

◉ Digressão: não existe coisa mais perigosa que poder sem sonho, dinheiro sem visão. Dinheiro sem visão desanda a fazer besteiras que, depois de feitas, viram elefantes coloridos que comem e defecam em excesso sem nada produzir. Desconfio muito dos que, ao falar da educação, falam logo na falta de verbas. A maior pobreza da educação não se encontra na escassez dos recursos econômicos. Ela se encontra na pobreza da imaginação. Certos estão os textos sagrados que entendem a "possessão demoníaca" como excesso de poder e carência de amor – como aconteceu com aquele homem, endemoniado, que era tão forte, tinha tanto poder que nem mesmo as correntes mais grossas eram capazes de o conter e que, no entanto, vivia entre os sepulcros, se cortava com pedras afiadas e uivava como bicho noites adentro (Evangelho de Marcos, cap. 5). E aqui vai uma heresia para espicaçar os beatos: o Diabo é poder sem amor; Deus é amor sem poder... Fim da digressão.

Para se cozinhar, é preciso que esses poderes pequenos sejam submetidos a um poder maior. O desejo já disse o que deve ser feito: a moqueca. É preciso que, agora, alguém diga como a moqueca deve ser feita. A cozinheira sabe disso e o seu desejo logo chama a sua serva que lhe dirá o que fazer.

O nome da serva? Inteligência.

Serva, sim, por não ter vontade própria. Mas o seu comportamento é estranho. Ela desconhece rotinas e horários, além de não cumprir ordens. Em outra situação seria logo despedida, em virtude do seu hábito de dormir o tempo todo, sempre que não está envolvida em algum caso amoroso, o que a torna em tudo semelhante à Bela Adormecida, que só acorda quando tocada pelo amor.

Ah! Que transformações os educadores experimentariam se tivessem esta estória em mente ao avaliar a inteligência dos seus alunos. Com que frequência o sono da inteligência dos alunos é apenas uma consequência da impotência amorosa do professor!

Por vezes a inteligência dorme tão profundamente que, por mais que se bata a porta, ela não abre. Os que estão do lado de fora chegam mesmo a pensar que ela ou não existe ou morreu. Mas não se trata disto. A Inteligência é uma serviçal que não acorda com violência. Gritos e barulho são incapazes de despertá-la do seu sono. Como na estória da Bela Adormecida, basta que o amor a toque suavemente para que acorde do seu sono e se ponha a trabalhar furiosamente. Muitas crianças cujos testes psicológicos classificam como burrinhas estão simplesmente vivendo a estória da Bela Adormecida: sua inteligência dorme, mergulhada em sono profundo. Mas a culpa não é delas. Alguém as enfeitiçou. E ainda não surgiu mestre que soubesse quebrar o feitiço.

Agora o rosto da cozinheira se transforma. Enquanto ela só sonhava, a razão era uma orgia: tudo era possível. Os pensamentos dançavam, as palavras faziam amor, as imagens se chocavam umas com as outras e emitiam faíscas. Mas agora ela age sob o imperativo prático de produzir o que o amor sonhou. O sonho assume então a forma de disciplina. Seus pensamentos se tornam instrumentais, chegando mesmo a se assemelhar aos utensílios que suas mãos irão usar. São ora usados de maneira analítica, à moda de facas, para cortar e separar; ora se prestam a um uso sintético, à moda de bacias, gamelas e panelas, para aproximar, misturar e combinar; ora para organizar e classificar, como se fossem gavetas, prateleiras e latas; ora para pesar e medir.

A função da inteligência é organizar o poder de tal forma que ele se transforme em ponte entre o desejo e o seu objeto. O encontro entre os dois, o desejo e o seu objeto, é a alegria. A boca se deleita com a manga... Por isso Zaratustra chamava a vontade de poder de "aquela que traz a alegria". O fogo pode provocar incêndios, mas é ele que brilha nas velas que iluminam o banquete de Babette, foi ele quem assou as *cailles au sarcophage* que os convidados comem. Por isso William Blake, o Nietzsche inglês, afirmava que "energia é deleite eterno".◈ Não é sugestivo que se use a palavra "potência" para se referir ao poder de um homem para fazer amor, para produzir e para ter prazer? "Quando o poder se torna gracioso e desce até o visivel", dizia Zaratustra, "a essa descida eu dou o nome de beleza."◈ Parafraseio: "Quando o poder se torna gracioso e desce até o paladar – a essa descida eu dou o nome de 'sabor'" ... Ou: "Quando o poder se torna gracioso e desce até o corpo, a essa descida eu dou o nome de alegria...".

◈ William Blake, *The Marriage of Heaven and Hell*, "The Voice of the Devil" #3.

◈ FN II (II), p. 374, *Assim falou Zaratustra*, II, "Sobre aqueles que são sublimes".

A cozinheira tem uma função semelhante ao regente de uma orquestra: a receita é a partitura, o objeto de prazer que se deseja produzir. Os ingredientes e os músicos são os poderes que, em si mesmos, não produzem nem sabor nem beleza. Entregues às suas vontades individuais, só produzem confusão e barulho.

A cozinheira, à semelhança do regente da orquestra, submete os muitos poderes que moram na cozinha ao seu saber, para produzir um sabor maior. Para isso ela tem de conhecer as peculiaridades do fogo, suas potências alquímicas e traições. Há de saber a física dos materiais, do ferro, do cobre, do alumínio, da argila, da pedra, da madeira, da ágata. As utilidades e formas das vasilhas, panelas, caldeirões, frigideiras, chaleiras, gamelas. Há de conhecer o segredo das facas, seus variados formatos e os seus fios. E há de dominar as mais variadas ferramentas, colheres, garfos, descascadores, conchas, escumadeiras, espátulas, formas, rolos, macetes, moedores, tábuas de cortar, funis, peneiras, pilões, raladores, colheres de pau, canecas, medidas, balanças, carretilhas, espetos... E saber as propriedades da água, das gorduras, dos azeites, da manteiga. E os segredos dos temperos, poderes que atuam sobre o gosto e o olfato, o açafrão, o gengibre, a mostarda, o coentro, a cebola, a noz-moscada, o urucum, as várias pimentas, o orégano, a hortelã, o *curry*, a páprica, o estragão, o mangericão... E saber sobre todos os ingredientes, que são a substância da sua arte, as carnes, as verduras, os legumes, as frutas, os grãos, as farinhas...

A ciência (coisa do espírito) é uma culinária (a serviço do estômago e os seus prazeres). Os primeiros cientistas, espantados que tanto poder se encontrasse escondido em sua cozinha (afinal, os laboratórios bem se parecem com cozinhas...), tinham a convicção de que tal poder tinha um único objetivo: permitir que eles preparassem pratos deliciosos para a humanidade, que fossem eles os cozinheiros da alegria.

6. Os olhos da ciência

Que magnífico laboratório de ciência seria a cozinha, se os professores tivessem imaginação para isso! Ali se poderia observar e aprender física, química, biologia, antropologia, psicologia. Para isso bastaria que os olhos fossem usados da forma como a ciência prescreve. Porque a ciência é apenas isso: uma vontade de ver e um jeito de ver. A ciência é, na verdade, uma transformação, um refinamento e uma especialização do olhar.

Para isso ela foi inventada: para que pudéssemos ver o que os olhos comuns não veem. A palavra "teoria", tão importante para a ciência, diz o seu programa. Ela quer quer dizer "visão". Os místicos buscavam a felicidade na contemplação da beleza invisível de Deus. Os cientistas buscam a felicidade na contemplação das harmonias invisíveis do mundo.

"Teoria" vem da mesma raiz que "teorema". O quadrado da hipotenusa é igual à soma dos quadrados dos catetos: esse é o teorema de Pitágoras, sobre os triângulos retângulos. Um triângulo retângulo qualquer pessoa pode ver, até um deficiente mental e, imagino, mesmo um animal. Nenhuma razão existe para que um cachorro ou um gato não veja um triângulo colocado à sua frente. Mas o teorema exibe relações e harmonias que os olhos não podem ver. Graças ao teorema, o triângulo retângulo, objeto ótico, se transforma em objeto lógico.

Alberto Caeiro diz que "pensar é estar doente dos olhos".◈ Está certo. Pensamos porque não vemos como queremos. Foram os olhos míopes que imaginaram os óculos. A ciência é também uma intervenção que se faz sobre os olhos. Os olhos normais olham o mundo e o que eles veem é o mesmo que Heráclito viu: tudo é rio, tudo muda sem cessar, nada permanece. E, no entanto, Heráclito sabia que, por debaixo desse fluxo constante, há algo que permanece o mesmo.

◈ Fernando Pessoa, *Obra poética*, p. 204.

É fácil de entender. Tenho 77 anos. Através desse tempo passei por transformações constantes, no corpo, nas ideias, nos sentimentos. Em relação ao que eu era quando eu tinha 18 anos, sou um estranho absoluto, totalmente diferente. E, no entanto, sou o mesmo. Aos 18 anos eu dizia: "Eu". Agora, aos 77 anos, digo também "Eu". Uma simples palavra mostra a minha mesmice...

Heráclito falava parecido. Ele dizia que as mudanças sem cessar do mundo são regidas por um *logos* que permanece o mesmo. *Logos*, em grego, quer dizer "palavra". "Teoria", que quer dizer "visão", se faz com palavras. Ela deseja ser espelho perfeito que reflita a realidade em sua harmonia. A esse espelho se dá o nome de objetividade. À imagem que nele aparece refletida se dá o nome de verdade.

O que é essencial é que o objeto não seja tocado. Qualquer toque o contamina, transforma-o numa outra coisa, da mesma forma que a brancura da pétala de uma camélia fica negra ao toque de um dedo.

Todo cuidado é pouco. Não é qualquer olho que serve. Os olhos comuns têm estranhos poderes de contaminação. Infectam e modificam o objeto com um simples olhar.

Veja, por exemplo, o caso dos pintores. Mesmo quando, conscientemente, se esforçam por "copiar" o objeto, nenhuma tela é uma cópia. Cada tela é um autorretrato. A imagem do pintor está sempre misturada com a imagem retratada. Tal como acontece quando olhamos através dos vidros de uma vidraça e vemos lá fora os telhados das casas e as copas das árvores, mas, misturada com eles, a nossa própria imagem refletida no vidro. Assim é cada quadro: uma mistura da coisa que se vê com o rosto de quem vê. "O que vemos é aquilo que somos", diz Bernardo Soares.◈ Essa perturbação da imagem é produzida sempre que a visão é contaminada pelo desejo. O amor faz mal aos olhos. Quem ama não vê direito. Isso a ciência não pode suportar. O desejo estraga o espelho. Por isso, é exigência que se impõe aos olhos do cientista que eles olhem sem desejo e com frieza. Por amor à verdade.

◈ Fernando Pessoa, *Livro do desassossego*, p. 286.

7. *Os olhos da cozinheira*

Ah! Como são diferentes os olhos da cozinheira. Iguais aos olhos do poeta. A Adélia Prado diz assim: "De vez em quando Deus me tira a poesia. Olho pedra, vejo pedra mesmo".◈ Olho de poeta é assim: olha pedra e vê outra coisa. Como se a pedra fosse uma janela que se abre para outro mundo! "O que se percebe não é nada, comparado com o que se imagina", diz Bachelard dos olhos dos poetas.◈ Alberto Caeiro, por exemplo, olhava as pedras e se punha a rir, porque via coisas engraçadas que ninguém mais via.

◈ Adélia Prado, *Poesia reunida*, p. 199.

◈ Bachelard, *A chama de uma vela*, p. 9.

Álvaro de Campos, ao contrário, olhava a pedra e via coisas tristes: um cais de despedidas e saudades. Drummond olhava a pedra e falava monótono porque o que via era um caminho penoso à sua frente.

Os objetos fazem sonhar o poeta. Aos seus olhos, eles são dotados de propriedades alucinógenas e afrodisíacas. São excitantes do amor. A poesia começa no momento preciso em que o objeto se torna vítreo, transparente, deixando ver coisas que nenhuma inspeção óptica objetiva poderia revelar. Poesia é uma qualidade do olhar.

Deveria ser um espetáculo fascinante ver Neruda na cozinha. Nada sei de suas habilidades culinárias. Mas sei que os objetos da cozinheira o faziam sonhar. Olhava o tomate e via uma víscera vermelha, um sol fresco e profundo. Olhava uma alcachofra e via um vegetal armado, com grossas escamas protegendo a deliciosa e pacífica pasta do seu coração verde. Olhava para a cebola e via uma redonda rosa d'água, globo celeste, baile imóvel de uma anêmona nevada, vestida em escamas de cristal.◈

◈ Pablo Neruda, *Odas elementares*, pp. 248, 18 e 49.

Os poetas nos dão uma grande felicidade de palavras. Misturam coisas e palavras nos seus olhos, e o resultado é um banquete onde tudo que recebemos cru, duro e sem gosto da natureza é transformado ao fogo da imaginação saborosa, tornando-se comida. A poesia são palavras boas para comer. O poeta é um feiticeiro alquimista que cozinha o mundo nos seus versos: num simples verso cabe um universo.

Poesia é culinária. Culinária e filosofia. Para o cientista, percebedor puro, que encontra sua felicidade no olhar, "a verdade é o que é". O seu desejo é só ver, só refletir a imagem que nenhum toque manchou ou transformou.

O poeta tem outra filosofia. Para ele, "o que é não pode ser verdade" (Ernst Bloch). Tudo aquilo que o seu olhar toca é imediatamente transformado. Seu olhar é um fogo que cozinha e assa as coisas cruas que os olhos puros lhe apresentam. O poema é uma violência culinária. Toda culinária é violência. Se não é assim, como explicar os instrumentos de tortura de que se vale a cozinheira? A água fervente, as gorduras fumegantes, as panelas sobre o fogo, os fornos, as facas, os raladores, os moedores, as pimentas – todos eles são usados para obrigar a coisa a revelar os seus segredos de sabor. O poema é violência igual. As palavras do poeta são instrumentos de tortura de que ele se vale para obrigar as coisas mudas a revelar os seus casos de amor. A culinária é um triunfo da vontade amorosa. Ela obriga a natureza indiferente a fazer amor conosco. Verdade é só aquilo que a vontade do poeta produziu. "Tenho desejo forte, e o meu desejo, porque é forte, entra na substância do mundo."◈

◈ Fernando Pessoa, *Obra poética*, p. 412.

A cozinheira também deseja nos dar uma grande felicidade. Para isso ela existe. Essa é a sua arte. Sua bíblia é o Kama Sutra da Boca, as infinitas maneiras de se fazer amor com os lábios, com a língua, com o nariz, com as vísceras. O vinho dá prazer na boca. Mas suas potências eróticas só se revelam em sua plenitude no silêncio escuro de nossas alcovas de amor internas.

Assim eram Babette e Tita: sabiam os segredos do prazer pela comida.

"Assim são as coisas", dizem os percebedores puros. Eles só querem saber. E os seus olhos, em busca do saber, veem as cebolas, os alhos, os nabos, os tomates, os tomatinhos, as batatas, os rabanetes, os maços de couve, de rúcula, de agrião, as cabeças de alface, de acelga, pepinos, pimentões vermelhos, pimentões verdes, pimentões amarelos, massas de todos os tipos, espaguete, lasanha, canelone, talharim, queijos, parmesão, provolone, prato, mozarela, azeitonas, palmito, arroz, feijão, as farinhas, as carnes brancas e as vermelhas. Veem tudo isso do mesmo jeito que a Adélia Prado vê a pedra quando Deus a castiga e lhe tira a poesia. "Assim são as coisas, essa é a verdade", eles dizem. E fazem silêncio.

"Assim são as coisas", repete em refrão a cozinheira. Os seus olhos veem exatamente o que viram os olhos dos conhecedores puros. "Mas minha vontade não quer que elas continuem assim. Eu só quero o saber por causa do sabor. Não me satisfazem os reflexos dentro dos espelhos. Eu quero banquetes. Eu quero prazer. Eu quero alegria." E se põe então a sonhar as transformações alquímicas que poderão ser operadas sobre aquelas coisas duras, cruas, insossas e de imaginação adormecida. A cozinheira começa o seu trabalho no preciso lugar em que o cientista dá o seu por terminado.

Folheio vagarosamente as páginas do maravilhoso livro de culinária *O mais belo livro da cozinha italiana*. Meus olhos se arrastam pelas fotografias. O prazer exige vagareza. Não há pressa. Degusto com os olhos. O visto é também para ser comido. De fato, antes de ser comida com a boca, a comida começa por ser comida com os olhos. Cada prato é uma pintura, uma escultura, uma obra de arte, um poema. Os meus olhos me fazem sonhar coisas ausentes: sinto cheiros e sabores. O meu corpo se excita na simples imaginação da comida. Eu já disse que o corpo é o único lugar mágico do universo. As fotografias sugerem. As receitas revelam as fórmulas dos prazeres que as cozinheiras inventaram. Ah! Babette e Tita, sublimes cozinheiras que querem me matar de amores e sabores...

Tudo é feito para dar prazer.

Como são diferentes a cozinheira e a nutricionista, embora ambas sejam especialistas na comida.

A dieticista pensa a comida cientificamente. No seu trabalho laboratorial, ela analisa, pesa e combina os alimentos com o propósito de fazer com que a máquina humana funcione sem problemas. Ela vê a comida com olhos utilitários. O prazer não é a coisa: trata-se de um engodo que se acrescenta à comida, para que ela seja comida. Sua filosofia não é erótica, é instrumental. Nisto ela se assemelha à Igreja, em sua doutrina sobre o outro comer: o sexo é um mecanismo biológico com o objetivo prático da procriação. O prazer é um acidente, frequentemente responsável por todo tipo de perturbações. O ideal seria que o comer na mesa e o comer na cama fossem regidos pela mesma racionalidade prática, livre das armadilhas do prazer...

A cozinheira, ao contrário, pensa que o prazer do corpo e a alegria da alma são os objetivos supremos da vida. E para isso ela cozinha: para dar prazer e alegria. A comida não é um meio; ela é um fim. A cozinheira é uma sacerdotisa de Eros. Todo o seu saber está a serviço do sabor. O saber é um meio para se viver. O sabor é o fim para que se vive.

8. *Scientia ancilla amoris*

Não sei onde aprenderam, mas o fato é que Babette e Tita realizavam na prática aquilo que os psicanalistas anunciam na teoria: é o "princípio do prazer" que estabelece o programa para a nossa vida. Na ordem do prazer, o conhecimento é apenas uma ferramenta, jamais um fim em si, da mesma forma que na cozinha, os livros de receita, as panelas, o fogo, as facas e os garfos só existem para produzir o sabor da comida. Zaratustra acrescentaria: "Uma ferramenta... é um brinquedo do corpo". O conhecimento é guardado ao lado daquela panela de barro sobre o fogão, que só tem sentido pela moqueca que dentro dela está fervendo. A panela é um meio. A moqueca é o fim. O saber é um meio. O sabor é um fim. "*Scientia ancilla amoris.*" "Todo conhecimento tem uma finalidade", diz D. Miguel de Unamuno. "Saber por saber, por mais que se diga em contrário, não passa de uma petição de princípio. Saber por saber! A verdade pela verdade! Isso é inumano!"◈

◈ Miguel de Unamuno, *Do sentimento trágico da vida*, pp. 28, 44.

Mas o saber das cozinheiras vai além da psicanálise e penetra nos mistérios da alquimia.

O corpo é um feiticeiro. Ele opera sobre si mesmo as mais estranhas transformações. Bachelard, referindo-se a Chagall, diz que ele colocou luz em seu ouvido. Sons que emitem cores? Um ouvido que vê? Dirão os cientistas: "Isso não é possível!". Mas, para o corpo, nada é impossível. Lichtenberg reconhecia no corpo o centro mágico do universo. "Meu corpo é a parte do mundo que meus pensamentos podem alterar. Até as enfermidades imaginárias podem tornar-se reais. No resto do mundo minhas hipóteses não conseguem alterar a ordem das coisas."◈ Para o corpo, o impossível se transforma em possível por meio da arte. A arte faz isso: o deslocamento dos sentidos. As artes são bruxedos que operam insólitas transformações no corpo. Sabia disto Guimarães Rosa, que dizia que a poesia era uma "irmã tão incompreensível da magia", e se denominava a si mesmo de "feiticeiro da palavra" e alquimista do sangue do coração humano.◈ Octavio Paz vê assim também o seu trabalho de escritor, e declara que "a operação poética não é diferente do conjuro, do feitiço e de outros processos da magia. A atitude do poeta tem muita semelhança com a do mago".◈

◈ Citado por Murilo Mendes, *Transístor*, p. 155.

◈ *Arte em Revista*, ano I, nº 2, p. 13.

◈ Octavio Paz, *O arco e a lira*, p. 64.

A arte culinária, também, tem estreitas ligações com a magia. As comidas são poderes mágicos. O cristianismo sabe disso. O fruto do Paraíso é magia negra, o início do enfeitiçamento do homem. O corpo e o sangue de Cristo são magia branca, ritual culinário antropofágico que dá início à salvação do homem.

A culinária tem, dentre outros poderes, o de colocar sabor nos olhos e de colocar cores na boca. A culinária liga a boca aos olhos, o sabor ao olhar. Ora, isso é coisa que pertence aos mistérios da religião. O Paraíso reconquistado é a identidade entre os olhos e a boca, entre o provar e o ver. A eucaristia é uma comida que se come para que os olhos se abram, prazer na boca que dá prazer nos olhos: a beleza. No Paraíso, o "ver" é igual ao "comer".

Os psicanalistas franziriam o cenho, reprovando. "Nossa voraciade é insaciável", diriam com a gravidade do superego. Os poetas, diante da mesma coisa, sorririam e diriam com a leveza dos dançarinos: "É que o nosso amor é infinito." Amor e fome são a mesma coisa. Nada mais triste para uma cozinheira que o convidado sem apetite. "Não tenho fome." Ou aquele que diz: "Já estou satisfeito". Quem diz "não tenho fome" está dizendo "não quero fazer amor". Neruda confessava, sem nenhuma vergonha, sua voracidade insaciável. "Sou onívoro de sentimentos, de seres, de livros, de acontecimentos e lutas. Comeria toda a terra. Beberia todo o mar."◈

◈ Pablo Neruda, *Confesso que vivi*, p. 268.

Isso tem a ver com o amor. A parte mais importante da sabedoria da cozinheira não é a técnica de matar a fome, mas a arte de provocar a fome, de abrir o apetite (*appetitus* = desejo ardente). Os deuses erraram a conta, fizeram a nossa fome grande demais, a nossa sede grande demais. "Para o desejo do meu coração, o mar é uma gota", confessa Adélia.◈

◈ Adélia Prado, *Poesia reunida*, pp. 155, 188.

Penso entender agora as razões por que os filósofos fugiram da cozinha. Os teólogos antigos falavam sobre o *locus revelationis* – o lugar onde o divino se revelava. No sangue dos filósofos, embora eles o neguem, corre o sangue dos teólogos. Nietzsche chegou mesmo a chamá-los de "criptossacerdotes".◈ Por isso, também eles tem os seus *locii revelationis* – os lugares onde, segundo as suas crenças, o Ser faz as suas aparições.

◈ FN III (II), p. 1125, *Ecce Homo* #2.

Para os filósofos, é nos olhos que o Ser aparece. Para as cozinheiras, entretanto, é na boca que o Ser se revela. Sim, sim, ver é uma felicidade. Mas não basta ter olhos para ver.

Os olhos precisam ser abertos. E é comendo que os olhos se abrem.

Sei que o Vinícius não era pessoa religiosa, no sentido convencional da palavra. Mas não consigo evitar o aparecimento de imagens religiosas ao ler sua poesia. Por exemplo, ele se compara a um círio que arde numa catedral em ruínas. É certo que ele, em oposição aos teólogos, religiosos por profissão, lia os textos sagrados como poesia, fazendo-os ressuscitar da sepultura dogmática em que se encontravam presos.

Operário em construção é um poema construído em torno de dois poemas bíblicos. Um deles, Cristo, no alto de uma montanha, vendo todos os reinos da terra, sendo tentado pelo Diabo. E o outro, uma refeição...

... certo dia, à mesa,
ao cortar o pão.
o operário foi tomado
de uma súbita emoção
constatar assombrado
que tudo naquela mesa
– garrafa, prato, facão,
era ele quem os fazia
ele, um humilde operário,
um operário em construção.

Olhou em torno; gamela,
banco, enxerga, caldeirão,
vidro, parede, janela,
casa, cidade, nação!
era ele quem fazia
ele, um humilde operário
um operário que sabia
exercer a profissão.

Ah! Homens de pensamento
Não sabereis nunca o quanto
Aquele humilde operário
Soube naquele momento!
Naquela casa vazia
Que ele mesmo levantara
Um mundo novo nascia
De que nem sequer suspeitava.
O operário emocionado
Olhou sua própria mão,
Sua rude mão de operário
De operário em construção.
E olhando bem para ela
Teve um segundo a impressão
De que não havia no mundo
Coisa que fosse mais bela.

Foi dentro da compreensão
desse instante solitário
que, tal sua construção
cresceu também o operário.
Cresceu em alto e profundo
em largo e no coração
e como tudo que cresce
ele não cresceu em vão.
Pois além do que sabia
– exercer a profissão –
o operário adquiriu
uma nova dimensão:
a dimensão da poesia.◈

◈ Vinícius de Moraes, *Poesia completa & Prosa*, pp. 293-295.

É impossível não perceber que Vinícius tomou como modelo para o seu poema uma cena da arte sagrada. Minha imaginação salta para o "Era uma vez, numa terra distante...". Jesus havia morrido. Dois dos seus discípulos caminhavam na direção da aldeia de Emaús, mergulhados na tristeza da morte do seu mestre. Enquanto caminhavam, uma terceira pessoa, desconhecida, se junta a eles e entra na conversa. E é isso que diz o texto:

"Quando se acercaram da aldeia, o desconhecido fez como quem ia para mais longe. Mas eles insistiram: 'Fica conosco, a noite se aproxima e o dia já se foi'. Assim, ele ficou. Quando foram comer, o Desconhecido tomou o pão, o abençoou e lhes deu. E então os seus olhos se abriram e eles o reconheceram..." (Lc 24,28-31).

Assim foi na festa de Babette. A comida, amolecida e tornada saborosa pelos temperos, tem também o poder de amolecer e dar sabor aos que a comem. Sem uma palavra, a comida de Babette fez o seu trabalho. Os convidados, velhos endurecidos que a inveja tornara amargos e ácidos, suspeitaram que algum ritual bruxo estava sendo preparado naquele banquete, e trataram de se precaver: juraram tornar insensíveis o seu paladar e o seu olfato. Sabiam que as potências mágicas penetram diretamente no corpo pelos canais do prazer, onde nem ideias, nem palavras conseguem penetrar. Inutilmente. O prazer faz o seu trabalho de forma irresistível e deliciosa. Logo, logo os corpos encruados ficaram tenros/ternos. Podiam agora ser comidos. E os olhos passaram a ver em harmonia com o ser. Ao final, estavam todos transformados em crianças... E experimentaram, por um momento, a alegria do paraíso: brincaram.

10. Começar pelo fim

A moqueca está borbulhante, vermelha e cheirosa na panela. Qual foi a receita? Qual é o método? Por onde se começou?

Há um ditado italiano que diz: "Comer primeiro, filosofar depois". Não sei quem foi que inventou tal disparate. Imagino que tenha sido um rude protomarxista, que pensava que os pensamentos e as eructações são realidades da mesma ordem, ambos "sublimados" aéreos das realidades materiais, o fogo, as panelas, a polenta, a rabada, a barriga vazia do operário e a barriga cheia do patrão, porque esta última se enche à medida que a primeira se esvazia – essas coisas são a "infraestrutura" do real ou, para usar palavra ao gosto dos gregos, o *arché*, o princípio, a origem de tudo o mais. Parodiando as palavras do evangelho de João, poderíamos então escrever um outro evangelho, ao gosto do tal que inventou o ditado há pouco citado: "No princípio era a comida...". O Verbo, o pensamento, as palavras, os poemas, as canções, o bate-papo, os "causos" são todos transformações da comida. Daí se poderia derivar um princípio de hermenêutica que diria que o sentido de um poema são a polenta e a rabada comidos ao almoço...

Se acham que estou exagerando, apresso-me em exagerar ainda mais, pois até os mais etéreos de todos os seres, que nada sabem sobre a cozinha e se dedicam à pura produção de palavras, os teólogos, acreditaram no referido ditado, e fizeram dele o seu postulado metafísico fundamental, e dele deduziram o seu princípio fundamental para a leitura dos textos sagrados, a que deram o nome de "mediação socioanalítica" que, na sua essência, diz que todo pensamento deve ser transformado em comida. Por oposição ao dito nietzschiano de que "a mente é um estômago", eles afirmam que "a mente é o estômago", trocando assim as metáforas poéticas pelas identidades literais.

Além de errado, o referido ditado é um desaforo às cozinheiras. Pois o que ele está dizendo é que elas não precisam pensar para fazer o que fazem. Certo seria dizer "filosofar primeiro, comer depois": dessa forma, a dignidade filosófica da arte culinária ficaria reconhecida e estabelecida.

A comida começa no pensamento. Antes que a moqueca exista na panela, ela existe na cabeça. A moqueca é uma ideia que se transformou em comida. Meus respeitos a Hegel, em harmonia com os textos sagrados que afirmam que o grande milagre divino é fazer com que o Verbo se transforme em Carne. Basta olhar para a panela de moqueca para compreender a realidade do milagre. Quem come uma moqueca está comendo as ideias de quem cozinhou. Não gostar de uma comida é não gostar dos sonhos de quem a preparou.

Como começou?

"No Princípio a cozinha estava escura e vazia..."◈

◈ Baseado em Gênesis, 1,1.

O fogo apagado, as panelas nos seus lugares, as matérias-primas guardadas. Nada sugere que algo esteja sendo preparado.

Mas, enquanto a cozinha descansa, "o espírito da cozinheira flutua sobre o vazio. E ela diz: 'Haja uma moqueca!'. E houve uma moqueca. E todos viram que a moqueca era boa".◈

◈ Baseado em Gênesis, 1,1-3.

A imaginação trabalha sempre. Ela é uma cozinha que não para nunca. Ali, sob o fogo do desejo, as imagens se transformam em comida.

Diz o ditado que "o melhor da festa é esperar por ela". Não sei se isso é sempre verdade. Sei, entretanto, que há prazeres que moram no tempo da espera. Num verso alegre, sem a tristeza do verso do Chico, posso dizer que "saudade é fazer comida para o filho que vai chegar...". Ai que saudade boa! É prazeroso preparar o prazer.

Há prazeres que existem na própria ausência do objeto de prazer. Talvez "prazer" não seja a palavra a ser usada. Melhor seria "alegria". Já falei sobre a diferença entre prazer e alegria. Moquecas são objetos de prazer e também objetos de alegria. A cozinheira tem alegria mesmo antes de ter o prazer. Quem viu a Babette sabe que ela nem mesmo comeu o que preparou. Só provava, de leve. Ela se alimentava da alegria daqueles que iriam comer.

A alegria, na ausência, tem o nome de saudade: doce e amargo. A alegria é doce; a ausência é amarga. Por isso a páscoa judaica era celebrada com ervas amargas. Fome é saudade: o corpo sente a dor de uma coisa que falta. A moqueca começa como uma saudade culinária.

Fala-se em "despertar o apetite". "Apetite" vem do latim, *appetitus*, que, segundo o dicionário Webster, quer dizer "uma nostalgia apaixonada por...". Usei a palavra "nostalgia" – que vem do grego: *nostos*, retorno + *algos*, dor, sofrimento: a dor que pede o retorno de uma alegria passada. O preparo de uma comida é um ritual mágico de repetição do passado. A cozinheira está sempre "em busca do tempo perdido...".

Assim se dá a coisa: no arquivo dos prazeres culinários da cozinheira estão registrados os prazeres da moqueca, em estado de dormência. Algum estímulo faz tais prazeres acordar. A cozinheira os experimenta na imaginação, e o seu corpo se altera pela simples memória: ela sente os cheiros e os gostos. Aí o *appetitus* declara que seria bom ter no corpo os prazeres tidos na alma. Alma e corpo sentem fome. É então que o corpo começa a trabalhar. A cozinheira se põe a criar um universo de prazeres a partir daquilo que não existe.

Tudo começa pelo sonho. Tudo começa pelo fim. "Comece pelo fim"; esse é o primeiro passo do método para se fazer qualquer coisa: uma moqueca, um brinquedo, um jardim, uma casa, uma escola, um país. Polya, matemático polonês que escreveu um fascinante livrinho sobre a arte de resolver problemas, assim enuncia o primeiro passo a ser dado pelo estudante que deseja iniciar-se na arte de resolver problemas: "Comece pelo fim".

Imagine que a cozinheira não vê o fim, a moqueca ausente. Se ela não vê o fim, o que ela vê são as presenças que enchem sua cozinha: panelas, facas, colheres, raladores, tomates, nabos, jilós, fubá, macarrão, peixes, temperos. Ela não sabe o que fazer com essas coisas por lhe faltar a visão do fim, da ausência. Aí ela se põe a misturar coisas, a fazer coisas, sem saber para quê. Até parece uma professora doida que, sem saber o que fazer com os seus alunos, desanda a dar informações, a dar provas, a pedir silêncio... Mas, se perguntarmos a ela que prato ela está preparando, ela não vai saber o que dizer...

Por muitos anos Babette sonhou. Por muitos anos ela preparou um banquete na sua imaginação. Mas faltava-lhe algo essencial: o dinheiro. O seu banquete custaria muito caro porque o seu corpo guardava prazeres em excesso, e ela queria servi-los todos, num banquete sacramental. "Aqui estou eu, como sopa de tartaruga, como *cailles au sarcophage*, como vinho... Isto é o meu corpo, isto é o meu sangue. Comam-me. Bebam-me. Quero que vocês sintam o prazer e a alegria que moram na minha carne e no meu sangue, para que jamais se esqueçam de mim!"

Sem dinheiro, o seu banquete não poderia se realizar. Babette sonhava com o banquete enquanto servia e comia mingaus e sopas de farinha e peixe.

Todo sonho sonha com duas coisas: sonha com o objeto de amor e sonha com o poder para alcançá-lo. Fiorentino sonhava com a morte do dr. Urbino para que pudesse ter de novo sua amada Firmina, e é provável que tivesse mesmo tido fantasias de assassinato. A liberdade é assassina. O príncipe sonhava com as tranças de Rapunzel, pelas quais ele subiria até o corpo da sua amada. O navegante sonha não só com o porto de chegada, mas também com o barco. Babette, enquanto servia mingaus e sopas de peixe sonhava com um improvável evento... Mas um dia o improvável aconteceu: ela ganhou na loteria. O seu sonho poderia ser realizado.

A poesia já morara com a Babette por quatorze anos. Mas agora, com o prêmio da loteria, à dimensão da poesia se acrescentou o poder da magia... Bem que os convidados suspeitaram de que havia algo de bruxaria no que estava acontecendo...

Magia é o poder para transformar o sonho em realidade. Todo artista é um mágico, um feiticeiro. A cabeça da Babette para de só sonhar e se põe a pensar praticamente. A "razão prática" é a inteligência que constrói pontes entre o lugar onde estamos até o lugar aonde queremos ir.

O corpo de Babette se transformou em ponte. Para chegar ao lugar aonde queria ir ela precisaria de codornizes, tartarugas, vinhos, frutas, condimentos, talheres, cristais, licores, viagens, importações, transporte, operações bancárias, bem como de todas as coisas que uma cozinheira tem de fazer no ato mesmo de preparar o banquete.

A nossa cozinheira é mais modesta. Deseja apenas fazer uma moqueca. Mas o método é o mesmo. Começa por sonhar. Mas o sonho não basta. Abre então a sua garrafa mágica, onde estava preso um gênio. "Qual é o seu desejo?", ele pergunta. Ouvida a resposta, esse gênio que não têm desejo – ele é só poder, só existe para satisfazer os desejos do seu mestre, o corpo – se põe a pensar. Partindo do fim, ele se pergunta: "O que é preciso fazer para se ter uma moqueca?". Começa por fazer a listagem dos ingredientes necessários: peixe, cebola, tomate, pimentão, urucum, cebolinha, coentro, azeite, sal, pimenta.

A seguir providencia os arranjos, as misturas, o fogo, a panela de barro cozido. Os ingredientes serão arranjados em camadas superpostas. O peixe será cozido nos seus próprios sucos. Jamais qualquer colher penetrará na cuidadosa estrutura de ingredientes, que serão mexidos, para que não se queimem, por meio de movimentos semicirculares alternados da panela inteira, graças ao princípio da inércia, que é válido também na cozinha. Sobre tal princípio sabe o corpo da cozinheira muito bem, muito embora a cabeça seja incapaz de dizê-lo. O fato é que aqueles que o sabem com a cabeça provavelmente deixarão a moqueca queimar.

Transformar o sonho em realidade dá trabalho. Mas o amor o aceita com alegria. Há uma alegria no preparar do banquete, mesmo que este preparo inclua o choro de cortar cebolas, os respingos de gordura quente, a chatura de descascar batatas, o desprazer de limpar os peixes, as escamas pulando nos olhos, as tripas moles saindo da barriga, matar e depenar as codornizes, a paciência de picar a couve, a atenção para que as comidas sejam cozidas no ponto certo, nem de menos, nem de mais, qualquer distração pode ser fatal.

Ah! Como dá trabalho ter um filho. A dor da gravidez, com seus incômodos e ansiedades, a dor do parto com os seus perigos, e depois a gravidez sem fim de ver o filho crescer... E, a despeito de todo esse trabalho, a gente gera filhos pela alegria de tê-los.

O amor não faz contabilidade do trabalho: "Sete anos de pastor serviu Jacó a Labão, pai de Raquel, serrana bela... E mais servira se não fosse pra tão grande amor tão curta a vida...".

Há um ditado popular que determina: "Primeiro a obrigação e depois a devoção". Primeiro a dor, depois o prazer. O poeta William Blake discorda. Num aforismo maravilhosamente simples e verdadeiro ele diz: "O prazer engravida. O sofrimento faz nascer".◈ A gravidez começa com uma explosão de prazer, o orgasmo. Vem depois o "trabalho" doloroso de parir.

◈ William Blake, *The Marriage of Heaven and Hell*, "Proverbs of Hell".

Não, não se trabalha por dever quando o que foi gerado é fruto do amor. A criatividade é uma gravidez de corpo e alma, tão deleitosa e tão dolorosa quanto a geração de uma nova vida! Palavra de Zaratustra:

"Criação – essa é a grande redenção do sofrimento, a vida tornando-se leve. Mas, para que o criador exista, são necessários sofrimento e muitas mudanças. Na verdade, na vida de vocês, criadores, há de haver um morrer amargo. Para ser a criança recém-nascida, o criador deve também desejar ser a mãe que dá à luz e desejar as dores da que está parindo."◈

◈ FN II (II), p. 345, *Assim falou Zaratustra*.

Que coisas fantásticas os homens são capazes de fazer para trazer seus sonhos à existência! Ficou guardada na minha memória uma estória que meu pai me contou de um homem que trabalhava há anos na busca de um certo produto. Quando a descoberta estava a ponto de acontecer, o fogo começando a produzir no tacho as transformações sonhadas – acabou a lenha. Ele não teve dúvidas. Pegou cadeiras, bancos, mesas e tudo o mais que de madeira existisse na sua casa e usou como lenha – para desespero de sua mulher.

Aquele que ama e sonha não deseja descansar. Cada minuto de descanso é um minuto a mais de separação. O sonho desconhece os limites da canseira e do sofrimento. Movido pelo amor, o corpo se dispõe a tudo! O sonhador apaixonado não conhece a preguiça.

Como são tolos aqueles que pensam que o prazer é preguiçoso. Somente os prazeres pequenos e imediatos são preguiçosos. Dos grandes prazeres nasce o trabalho e a disciplina, porque eles só podem ser encontrados ao fim de um árduo caminho.

A simples menção da palavra "preguiça" provocou, na dança dos meus pensamentos, uma associação inesperada. Lembrei-me de um texto de Roland Barthes sobre a relação entre a escola e a preguiça:

"A preguiça não é um mito, é um dado fundamental e quase natural da situação escolar. Por quê? Porque a escola é uma estrutura de coação. A aula possui fatalmente uma força de repressão, quando mais não seja porque aí se ensinam coisas que o adolescente não tem forçosamente que desejar. A preguiça pode ser uma resposta a essa repressão, uma tática subjetiva para assumir o aborrecimento que dela tem... Observando a etimologia, nota-se que, em latim, *piger*, o adjetivo (já que preguiça vem de *pigritia*), quer dizer 'lento'. Esta é a faceta mais negativa, mais triste da preguiça, e consiste em fazer as coisas, mas mal, contra vontade, satisfazer a instituição dando-lhe uma resposta, mas uma resposta que se arrasta."◈

◈ Roland Barthes, "Ousemos ser preguiçosos", em *Le Monde-Dimanche*, 16 de setembro de 1979, entrevista conduzida por Christine Eff.

Imagino que os pais do Calvin vivem repetindo para ele que "primeiro a obrigação e depois a devoção". Inutilmente. A preguiça é demais. É um monstro enorme, mole, gelatinoso, que se deita sobre ele, sempre que ele tem lições para resolver. Mas basta que a obrigação desapareça para que o monstro mole e gelatinoso se dissolva, e Calvin se transforme em piloto de uma nave espacial, cruzando os espaços de distantes galáxias.◉

◉ Não resisto, tenho de contar. Calvin, como se sabe, tem insuperáveis dificuldades com os números. Sua cabeca anda por mundos onde a lógica dos números não funciona. Mas o problema na prova é claro: 6 + 5 = ? É a obrigação. Voa o pensamento de Calvin. Num sistema solar perdido sua nave sobrevoa os planetas "6" e "5", em vias de colisão. A colisão é terrível e o planeta "5", menor, é transformado em pó, vira nada. Calvin ri, exultante. Encontrou a resposta, a solução do problema: 6 + 5 = 6...

Quando a voz do dever se faz ouvir é porque existe um conflito entre o corpo e a ação comandada: o objeto a ser produzido pela ação nem foi gerado com prazer e nem é desejado. É preciso que a ação seja um filho com quem se brinca. Não foram só Blake e Nietzsche que o disseram. Também Karl Marx, que sonhava com um mundo em que o trabalho fosse igual ao brinquedo. Trabalhar por puro prazer... Para o brinquedo não há preguiça.

Não é preciso ordenar que as crianças brinquem.
Não é preciso ordenar que o músico toque.
Não é preciso ordenar ao poeta que escreva.
Não é preciso ordenar ao amante que abrace.◉

◉ Aqui estou eu, numa linda manhã de domingo, escrevendo no meu micro. Sei que há coisas deliciosas e bonitas lá fora. No entanto, aqui estou eu, no meu escritório. Nada me obriga. Não estou escrevendo uma tese. Não tenho compromissos com editores. Escrevo porque é delicioso... E, como a Babette, tenho a alegria de pensar na alegria que terão aqueles que vão ler o que escrevo.

O desejo torna o comando desnecessário. O comando só é necessário quando o desejo está ausente.

Assim trabalha a cabeça da cozinheira. Primeiro, faz amor com o seu sonho. Seu corpo sente prazer só de pensar. O corpo é então possuído...

Ah! Como é importante essa ideia: possessão. Ouço, no momento em que estou escrevendo, o adágio da sonata K. 330, em dó maior, de Mozart. Eu o considero uma das coisas mais belas jamais escritas. A beleza não me diz nada. Ela simplesmente me possui, toma conta do meu corpo. É uma felicidade. Tenho vontade de chorar. A beleza sempre me dá vontade de chorar. Meu corpo assume sua dimensão mágica, pois ele se co-move, é movido com os sons. O pianista toca o piano e o piano produz música. A música toca o meu corpo e ele reverbera, vira música. Eu e a sonata somos uma mesma coisa. Sou a música. Esse é o sentido da experiência estética: a identidade entre a beleza e aquele que a sente. Tudo o que me comove pela beleza é um espelho onde eu, Narciso, me contemplo. "Quero ser uma obra de arte", diz Bernardo Soares.◈ Sou tão bonito quanto o adágio da sonata de Mozart.

◈ Fernando Pessoa, *Livro do desassossego*, p. 175.

Feuerbach dizia que o conhecimento de um objeto é conhecimento de nós mesmos. O paciente, no divã, fala sobre nuvens, montanhas, chaves, fechaduras, pedras e amantes. O analista, artista, vai com esses objetos compondo o rosto de quem fala. Os objetos são espelhos. O piano fora de mim faz reverberar um piano dentro de mim. A beleza que se sente é sempre uma beleza nossa. Como diz Nietzsche, somente o homem é belo.

O banquete de Babette foi o seu próprio corpo oferecido como comida aos convidados. Para se transformar magicamente em comida, ela gastou tudo o que havia ganho na loteria. Sobrou-lhe, como ela mesma disse, a alegria da beleza infinita que mora no artista, que não pode ser contida e que jamais acaba.

"As cisternas contêm, as fontes transbordam", diz Blake. Artistas são fontes transbordantes. Transbordam por excesso de riqueza, abundância, por não poderem conter a beleza que dói e deseja sair.

Possuído pelo sonho, o corpo se põe a trabalhar. Não por dever. Por puro prazer. "Primeiro a devoção e, depois, ... a devoção" – quem tem o seu amor numa ilha distante ama também os perigos do navegar.

Os taoístas se recusariam a dar o nome de ação aos movimentos do corpo movido pelo amor. Ação é atividade externa, comandada, por obrigação. Se é comandada é porque se opõe ao corpo. Mas há uma ação que é como a fonte que jorra. Não é ação; é um simples transbordar... Está escrito no *Tao-Te-Ching*:

> O bem supremo é como a água.
> A água dá vida às dez mil coisas e não se esforça.
> Ela flui... (#8)
>
> O caminho do sábio é trabalho sem esforço. (#81)
>
> Portanto o sábio vai por aí fazendo nada. (#2)
>
> O homem verdadeiramente bom nada faz
> E nada fica não feito.
> O tolo faz coisas o tempo todo
> E, entretanto, muito fica sem que seja feito. (#38)

O balde desce ao fundo da cisterna para pegar água: a isso se pode dar o nome de ação. Mas que nome dar ao jorrar da água na fonte? Uma ejaculação espermática: será isso ação? E o leite que jorra do seio? O voo do urubu, flutuante, sem esforço, nas alturas. A dança do bailarino que ignora a gravidade e traça no espaço, com o seu corpo, as linhas da beleza que o possui. O barco que sulca as águas sem remos, as velas estufadas pela força do vento...

Não, não estão fazendo coisa alguma. Estão nada fazendo... Eles são, simplesmente são...

11. Controle de qualidade: "A alegria é a prova dos nove"

O desejo sonhou, e a razão prática realizou. A moqueca está quase pronta. A cozinheira vai "prová-la". Mergulha a colher no caldo e o põe na boca.

Sua atenção se concentra naquele lugar onde caldo e corpo se encontram. Eles estão fazendo amor. A cozinheira precisa saber o julgamento do corpo. Ela quer ouvir a sua voz.

Porque o ato de provar é um jogo intelectual sutil. Trata-se de uma comparação entre o que existe e o que não existe. O que existe é o caldo que a cozinheira pega com a colher. O que não existe é o caldo ideal, que só existe como pensamento. Na prova, o "gosto na boca" está sendo comparado com um "gosto na ideia". A cozinheira está comparando o gosto da moqueca da panela, existente, com o gosto da moqueca inexistente, no sonho. O padrão de qualidade é a moqueca sonhada. É ela que vai dizer à cozinheira se a moqueca na panela está boa. "Não ainda. Falta um pouco de sal. Um pouquinho de pimenta. Com um pouco mais de urucum a moqueca ficará mais vermelha, mais excitante. E mais um galhinho de coentro..." O que se deseja é produzir uma igualdade entre o real e o imaginado. E, nessa delicada operação, o juiz é o corpo.

Quem observar com atenção a metodologia da cozinheira compreenderá a essência daquilo que hoje se tornou moda e que atende pelo nome de "controle de qualidade". O essencial já foi dito pela Babette e pela Tita. O que se pode acrescentar são meros refinamentos. Controle de qualidade é fazer com que o objeto real se aproxime o máximo possível do objeto imaginado. Para quê? Para produzir prazer. O prazer é o fim de todas as coisas. Quando o corpo sente, na boca, o prazer sonhado, ele passa a sentença: "Está bom. Pode servir". É o início do banquete. Por algumas horas, o Paraíso terá voltado à terra. Como disse Oswald de Andrade no "Manifesto antropofágico", "a alegria é a prova dos nove".◈

◈ *Revista de Antropofagia*, ano I, número I, maio de 1928, p. 7.

Post-Scriptum

Na última página do manuscrito original da "Arte de fuga", de J. S. Bach, aparece uma observação, na letra de Carl Philip Emmanuel, filho de Bach: "No desenrolar dessa fuga, no momento em que o nome B.A.C.H. foi introduzido como contratema, o compositor morreu".◈ A morte interrompeu a obra de Bach. Ficou incompleta. Foi o seu filho que a terminou. (Note que uma forma de indicar as notas faz uso de letras, em vez de dó, ré, mi, fá... "A" é lá. "B" é si. "C" é dó. O nome "Bach", assim, seria dito musicalmente como: si bemol, lá, dó, si bequadro...)

◈ Douglas R. Hofstadter, *Gödel, Escher, Bach: An Eternal Golden Braid*, p. 80.

A última ilustração do meu livro *A volta do pássaro encantado* não foi terminada. O artista, Roberto Caldas, partiu antes de terminá-la. O que aparece no livro é apenas um esboço. Você poderá colori-lo com as cores que quiser.

Obras inacabadas, sinfonias inacabadas... Por que não livros inacabados? Parece que é a morte do artista que torna uma obra inacabada. Nem sempre. Michelangelo deixou inacabadas muitas das suas esculturas não porque tivesse morrido, mas porque o seu coração mudou de lugar. O que é o meu caso. Assim, tomei a decisão de entregar aos meus amigos um livro inacabado com a confissão: "Não consegui terminá-lo...".

Vou tentar explicar por que não consegui terminá-lo. Para isso tenho de voltar a um texto de Nietzsche, já citado. Para descrever duas formas de pensar, ele descreve uma cena...

"Dir-se-ia ver dois andarilhos diante de um regato selvagem, que corre rodopiando as pedras: o primeiro, com pés ligeiros, salta por sobre ele, usando as pedras e apoiando-se nelas para lançar-se mais adiante, ainda que, atrás dele, afundem bruscamente nas profundezas. O outro, a todo instante, detém-se desamparado, precisa antes construir fundamentos que sustentem seu passo pesado e cauteloso; por vezes isso não dá resultado e, então, não há deus que possa auxiliá-lo a transpor o regato."◈

◈ *Pré-socráticos*, p. 17.

Tentei escrever este livro ao estilo do segundo andarilho, andar cauteloso, as ideias bem amarradas. Acontece que em mim mora o primeiro andarilho, que não tem paciência, e vai caminhando aos pulos. E ele ficou se intrometendo... Uma ideia me aparecia e eu, ao invés de esperar pacientemente que o seu lugar e momento chegasse, dava logo um pulo, soprava uma bolha de sabão, e ela se transformava numa crônica ligeira. Zaratustra, falando sobre a arte de escrever, disse o seguinte: "Quem escreve com sangue e aforismos não deseja ser lido, mas ser sabido de cor. Nas montanhas, o caminho mais curto é de pico a pico: mas, para isso, é preciso ter pernas longas...".◈ Esse é o jeito do corpo. As ideias do corpo não marcham. Elas dançam. Não consegui escrever o livro porque misturei marcha com dança. Tentei andar pelo caminho e, ao mesmo tempo, saltar de pico em pico. Aí, quando, no caminho, chegava a hora de dizer o tema, eu não podia dizê-lo por já tê-lo dito num outro lugar, por meio de um salto.

◈ FN II (II), p. 307, *Assim falou Zaratustra*, "Sobre o ler e o escrever".

Vou então, simplesmente, fazer o esboço do mapa que eu tinha em mente, o caminho que eu teria seguido, se andasse ao estilo do segundo andarilho.

1. A educação dos sentidos

Terminadas as meditações sobre o prazer e a alegria, que são, para mim, a razão para viver, o caminho iria passar pela educação dos sentidos. Porque são eles os órgãos que nos foram dados para "fazer amor" com o mundo. Era isso que estava anunciado no primeiro título: "... a educação da erótica". Foi o caminho seguido por Barthes. Por muitos anos ele havia andado pelos caminhos dos saberes, da ciência. No fim da vida, ele entrou pelos caminhos dos sabores, da *sapientia*. Os saberes constroem o mundo como objeto de conhecimento, entidade ocular, que só pode ser visto se se está distante. Esse é o sentido da objetividade: a rigorosa separação entre aquele que contempla e o objeto contemplado. Os sabores, ao contrário, nos oferecem o mundo como objeto de prazer. Zaratustra, ao falar sobre ele, dizia: "Era como se uma maçã inteira se oferecesse à minha mão, maçã madura e dourada, de pele fresca, macia, aveludada: assim este mundo se ofereceu a mim...". O mundo como fruta, o mundo para ser comido, o mundo como objeto de deleite. Isso é *sapientia,* sabedoria. A maçã só pode ser conhecida sapiencialmente se for comida. Não pode estar fora de mim. Tem de entrar no meu corpo. O sábio é um degustador. Eu quero que meus alunos sejam educados para serem degustadores do mundo!

Mas, para que o prazer aconteça, é preciso que os sentidos sejam educados. Os nossos prazeres não são experiências naturais, isso é, não nascem naturalmente da natureza. Nossos sentidos não mais são os sentidos dos animais. Eles foram transformados pela fantasia. Nossos sentidos são arte. Porque arte é precisamente isso: a natureza transformada pela imaginação para nos dar novas experiências de prazer e alegria. Dito pelo Manoel de Barros: "*Deus* deu a forma. Os artistas desformam".◈ É preciso desformar o mundo: tirar da natureza as naturalidades. Fazer cavalo verde, por exemplo. Fazer noiva camponesa voar – como em Chagall.

◈ Manoel de Barros, *Livro sobre nada*, p. 75.

Os sentidos humanos e os seus prazeres e alegrias andam pelo mundo das des-formações. Culinária é uma desformação. Música é uma desformação. Pintura é uma desformação. Educar os sentidos é despertar neles possibilidades inventadas de prazer. Criar novas possibilidades de prazer. Brecht disse que o objetivo da ciência é aliviar a miséria da existência humana.◈ Para mim, isso é necessário mas é muito pouco. Seria o mesmo que dizer que o objetivo da culinária é matar a fome. Sim, é preciso matar a fome. Mas o objetivo da culinária é tornar a fome ocasião de prazeres requintados.

◈ Em *Galileu Galilei*.

O olhar precisa ser educado. "Não basta abrir a janela para ver os campos e os rios. Não é bastante não ser cego para ver as árvores e as flores. É preciso também não ter filosofia nenhuma...", disse Alberto Caeiro. Temos olhos e somos cegos. Somos castrados nos olhos. Nossos olhos não experimentam ereções. O visível não nos espanta. O trágico espetáculo das pessoas assentadas diante da televisão dá testemunho de que os objetos do mundo não nos excitam. Nietzsche via o "aprender a ver" como a primeira tarefa da educação.

A educação do olhar passaria pelos poemas de Alberto Caeiro. Seus poemas são uma introdução à pedagogia do olhar. Não vemos com os olhos. Vemos com as palavras. Para ver é preciso não ter filosofia... É preciso fazer calar as palavras para se ver com clareza. Os fenomenólogos perceberam isso. Visitei uma escola que me surpreendeu com a informação de que do seu programa constava a "educação dos sentidos". Foi uma decepção. Confundiram "educação dos sentidos" com informações científicas sobre anatomia e fisiologia dos sentidos. Há oftalmologistas cegos como há também especialistas em audição surdos. À sutil arte de fazer amor com os quadros, Bachelard chama a nossa atenção: "O que se vê não pode se comparar com o que se imagina". O prazer de uma tela se encontra na provocação que o visível faz ao imaginário. Barthes observou que erótico é o espaço do decote que sugere sem mostrar. A erótica da tela não se encontra no que ela mostra, mas naquilo que ela sugere. Mas, para se perceber o que não é mostrado, é preciso que a imaginação saiba voar.

O que disse sobre a educação do olhar vale também para o ouvir, o cheirar, o degustar, o tocar.

E há um sexto sentido que também precisa ser educado. Quando falo sobre o sexto sentido, as pessoas logo imaginam que estou me referindo a experiências místicas ou potências parapsicológicas. Mas não é nada disso. Vou explicar.

Os nossos cinco sentidos são órgãos de fazer amor e ter prazer com coisas existentes presentes. Para se ter o prazer de uma noite estrelada é preciso que haja uma noite estrelada. Para se ter o prazer de uma canção é preciso que ela esteja sendo tocada. Para se ter o prazer do perfume das magnólias é preciso que as magnólias estejam floridas. Para se ter o prazer do vinho é preciso que haja vinho no copo. E para se ter o prazer de um beijo é preciso que haja uma boca, um rosto.

O sexto sentido, ao contrário, é um poder que nos permite fazer amor e ter prazer com coisas que não existem e estão ausentes. Esse poder se chama pensamento. Pensamento é o poder de trazer à existência aquilo que não existe. Maravilhoso isso! Fazemos amor com o que não existe! E eu ri e chorei lendo o *Amor nos tempos do cólera*, muito embora soubesse que aquilo tudo era não existente. Eu sorrio e choro lendo *O operário em construção*, do Vinícius, sabendo que aquilo é um poema e não uma descrição de fatos. Rimos ao ouvir uma piada engraçada, sabendo que ela é apenas um jogo de palavras, nunca aconteceu. Alimentamo-nos com ficções. Embriagamo-nos com ficções. Fazemos amor com ficções. Ficamos grávidos com ficções. Ensinar a pensar é ensinar o pensamento a dançar no espaço em que as coisas que não existem existem.

Mas onde está o lugar para a educação dos sentidos em nossos programas escolares?

Ele não existe.

A razão para isso é simples. Nossas práticas escolares exigem avaliações. É preciso avaliar a aprendizagem. Mas como avaliar aquilo que o aluno estudou? Para isso elaboram-se testes.

Mas como avaliar a sensibilidade? Como avaliar a alegria ao se ler um livro? Ou o prazer ao ouvir uma música? Não há testes de múltipla escolha para esse fim.

Especialmente em se levando em consideração que os programas escolares se orientam para o grande fim que são os "exames vestibulares". Como avaliar a educação da sensibilidade nos vestibulares?

Assim, os métodos de avaliação que a dita objetividade exige tornam impossível a educação dos sentidos. Qualquer esforço no sentido de educar a sensibilidade dos alunos seria tomada pelos pais como perda de tempo, diante da tarefa terrível de passar nos vestibulares para ingressar nas universidades.

2. A educação dos educadores

Mas há um outro problema que precisa ser resolvido: a educação dos educadores. Essa, a meu ver, é a tarefa mais importante.

Se eu fizer um curso de mecânica de automóveis, no fim do curso eu serei um mecânico, isto é, saberei sobre automóveis e serei capaz de consertar automóveis.

Mas há coisas que não se aprendem na escola. Tentei ser pianista, esforcei-me muito, tive bons professores. Mas não consegui ser pianista. Faltava-me algo essencial: talento. É possível, através de cursos, ensinar a ciência da linguagem e formar gramáticos. Mas não é possível ensinar alguém a ser poeta.

Penso que a mesma coisa é verdadeira para os educadores. O ensino das ciências da educação não forma educadores.

Educadores não se fazem. Educadores nascem.

Se não se pode fazer um educador, o que é que se pode fazer?

O que se pode fazer é despertar o educador que mora, adormecido, dentro de nós.

Como na estória da Bela Adormecida. Aconselho-o a ler o poema *Eros e Psiquê*, de Fernando Pessoa.

Como despertar esse educador adormecido?

Para responder a essa pergunta vou fazer uma digressão psicanalítica. Direi umas coisinhas sobre espelhos e as entidades virtuais que neles moram, as imagens.

Borges confessou que os espelhos lhe causavam horror. Edgar Allan Poe, consciente dos seus estranhos poderes, cercou o seu uso de cuidados precisos, e num tratado sobre decoração de casas chegou a determinar o lugar em que deveriam ser colocados: nunca numa posição em que uma pessoa pudesse ver sua imagem refletida nele, sem que o desejasse. De um espelho temos de nos aproximar com os devidos cuidados, para se evitar o susto. Pois o susto de se ver refletido no espelho, sem se estar para isto preparado, pode ter consequências imprevisíveis. Borges relata o caso de um homem de uma tribo antártica que caiu morto de horror ao ver pela primeira vez sua imagem no espelho. Dessa propriedade mortífera dos espelhos se valeu uma mulher, num desenho de Picasso, matando um monstro fazendo-o contemplar sua própria imagem refletida no espelho.

Segundo Borges, o terror dos espelhos se deve ao seu poder de criar, no seu lado de dentro, um duplo do que existe do lado de fora. Eu discordo. O poder dos espelhos reside justamente no contrário: o seu poder para produzir do lado de fora um duplo da imagem que aparece virtualmente do lado de dentro. O espelho tem o poder de trazer à existência aquilo que não existe. Pois a imagem não existe. É só um jogo de luz. Pelo fascínio de uma imagem refletida nos olhos da mulher amada, um homem fica belo. Pelo fascínio de uma imagem refletida numa fonte, Narciso se transformou numa flor.

"A metafísica do corpo se entremostra nas imagens", diz Drummond. O que é confirmado por Riobaldo:

"Ah, naqueles tempos eu não sabia, e hoje é que sei: que, para a gente se transformar em ruim ou em valentão, ah, basta se olhar um minutinho no espelho – caprichando de fazer cara de valentia; ou cara de ruindade!"◈

◈ Guimarães Rosa, *Grande Sertão: veredas*, p. 38.

Tradução pedagógico-psicanalítica: para se transformar um professor infeliz em um educador feliz basta mostrar para ele a imagem do educador feliz. A literatura e a poesia – e não as ciências da educação – são o espelho em que a imagem do educador feliz pode aparecer. A literatura e a poesia são o meio mágico para a formação dos educadores.

Aí eu pretendia sugerir o esboço de algumas imagens fascinantes do educador:

- O educador como poeta.
- O educador como feiticeiro.
- O educador como artista.
- O educador como partejador da beleza.

- O educador como jardineiro.
- O educador como mestre zen.
- O educador como semeador do futuro.
- O educador como companheiro de brinquedos.
- O educador como alguém prestes a partir e que está à procura de herdeiros...

3. *A criança*

O primeiro homem é o primeiro visionário de espíritos.
A ele tudo aparece como espírito.
O que são as crianças, senão primeiros homens?
O fresco olhar da criança é mais transcendente
que o pressentimento do mais resolutos dos visionários.

Novalis

Sim, julgo às vezes, considerando a diferença hedionda entre a inteligência das crianças e a estupidez dos adultos, que somos acompanhados na infância por um espírito da guarda, que nos empresta a própria inteligência astral, e que depois, talvez com pena, mas por uma lei mais alta, nos abandona, como as mães animais às crias crescidas...

Bernardo Soares

O sábio é tímido e humilde – o mundo não o entende.
Ele se comporta como uma criança pequena.

Tao-Te-Ching

Nossos dias são preciosos
mas com alegria os vemos passando
se no seu lugar encontramos
uma coisa mais preciosa crescendo:
uma planta rara e exótica,
alegria de um coração jardineiro;

uma criança que estamos ensinando,
um livrinho que estamos escrevendo.

Rückert

O objetivo da vida é ser criança.

Groddeck

A maturidade de um homem consiste em achar de novo a seriedade que se tinha como criança – ao brincar.

Nietzsche

Vocês dizem: "Cansa-nos ter de conviver com as crianças". Têm razão. Vocês dizem ainda: "Cansa-nos porque precisamos descer ao seu nível de compreensão". Descer. Rebaixar-se, inclinar-se, ficar curvado.

Estão equivocados. Não é isso o que nos cansa, e sim o fato de termos de elevar-nos até alcançar o nível de sentimentos das crianças.

Elevar-nos, subir, ficar nas pontas dos pés, estender a mão. Para não machucá-las.

Janusz Korczak

Tudo terminaria nietzschiana e schumannianamente numa "Cena infantil": a Criança.

Todas as nossas instituições escolares têm por objetivo transformar a criança em adulto.

Todas as nossas práticas ditas educativas têm por objetivo transformar a criança que brinca no adulto que trabalha.

Eu, ao contrário, acredito que a criança é aquilo que de belo, criativo e alegre existe em nós, eternamente. O objetivo da educação não é destruir a criança, transformando-a em adulto produtivo. O objetivo da educação é dar à criança os conhecimentos que permitirão que ela continue a ser criança – sem se machucar. E, mais do que isso: é ajudar-nos, adultos, a curar-nos da nossa doença.

Escrevi muitas coisas sobre as crianças, saltando de pico em pico. Estão espalhadas nos livros que escrevi. E, para terminar essa conversa como criança, deixe que eu sopre essa bolha de sabão...

"... e uma criança pequena os guiará."

A fotografia é simples, apenas um detalhe: duas mãos dadas, uma mão segurando a outra. Uma delas é grande, a outra é pequena, rechonchuda. Isso é tudo. Mas a imaginação não se contenta com o fragmento, completa o quadro: é um pai que passeia com seu filhinho. O pai, adulto, segura com firmeza e ternura a mãozinha da criança: a mãozinha do filho é muito pequena, termina no meio da palma da mão do pai. O pai vai conduzindo o filho, indicando o caminho, vai apontando para as coisas, mostrando como elas são interessantes, bonitas, engraçadas. O menininho vai sendo apresentado ao mundo.

É assim que as coisas acontecem: os grandes ensinam, os pequenos aprendem. As crianças nada sabem sobre o mundo. Também pudera! Nunca estiveram aqui. Tudo é novidade. Alberto Caeiro tem um poema sobre o olhar (dele), que ele diz ser igual ao de uma criança:

"Meu olhar é nítido como um girassol. E o que vejo a cada momento é aquilo que nunca antes eu tinha visto, e eu sei dar por isso muito bem... Sei ter o pasmo essencial que tem uma criança se, ao nascer, reparasse que nascera deveras... Sinto-me nascido a cada momento para a eterna novidade do mundo."◈

◈ Fernando Pessoa, *Obra poética*, p. 204.

O olhar das crianças é pasmado! Veem o que nunca tinham visto! Não sabem o nome das coisas. O pai vai dando os nomes. Aprendendo os nomes, as coisas estranhas vão ficando conhecidas e amigas. Transformam-se num rebanho manso de ovelhas que atendem quando são chamadas.

Quem sabe as coisas são os adultos. Conhecem o mundo. Não nasceram sabendo. Tiveram de aprender. Houve um tempo quando a mãozinha gorda rechonchuda era a deles. Um outro, de mão grande, os conduziu. O mais difícil foi aprender quando não havia ninguém que ensinasse. Tiveram de tatear pelo desconhecido. Erraram muitas vezes. Foi assim que os caminhos e rotas foram descobertos. Já imaginaram os milhares de anos que tiveram de se passar até que os homens aprendessem que certas ervas têm poderes de cura? Quantas pessoas tiveram de morrer de frio até que os esquimós descobrissem que era possível fabricar casas quentes com o gelo! E as comidas que comemos, os pratos que nos dão prazer! Por detrás deles há milênios de experimentos, acidentes felizes, fracassos! Vejam o fósforo, essa coisa insignificante e mágica: um esfregão e eis o milagre: o fogo na ponta de um pauzinho. Eu gostaria, um dia, de dar um curso sobre a história do pau de fósforo. Na sua história há uma enormidade de experimentos e pensamentos.

Ensinar é um ato de amor. Se as gerações mais velhas não transmitissem o seu conhecimento às gerações mais novas, nós ainda estaríamos na condição dos homens pré-históricos. Ensinar é o processo pelo qual as gerações mais velhas transmitem às gerações mais novas, como herança, a caixa onde guardam seus mapas e ferramentas. Assim, as crianças não precisam começar da estaca zero. Ensinam-se os saberes para poupar àqueles que não sabem o tempo e o cansaço do pensamento: saber para não pensar. Não preciso pensar para riscar um pau de fósforo.

Os grandes sabem. As crianças não sabem.

Os grandes ensinam. As crianças aprendem.

Está resumido na fotografia: o de mão grande conduz o de mãozinha pequena. Esse é o sentido etimológico da palavra “pedagogo”: aquele que conduz as crianças.

Educar é transmitir conhecimentos. O seu objetivo é fazer com que as crianças deixem de ser crianças. Ser criança é ignorar, nada saber, estar perdido. Toda criança está perdida no mundo. A educação existe para que chegue um momento em que ela não esteja mais perdida: a mãozinha de criança tem de se transformar em mãozona de um adulto que não precisa ser conduzido: ele se conduz, ele sabe os caminhos, ele sabe como fazer. A educação é um progressivo despedir-se da infância.

A pedagogia do meu querido amigo Paulo Freire amaldiçoava aquilo que se denomina ensino "bancário" – os adultos vão "depositando" saberes na cabeça das crianças da mesma forma como depositamos dinheiro num banco. Mas me parece que é assim mesmo que acontece com os saberes fundamentais: os adultos simplesmente dizem *como* as coisas são, *como* as coisas são feitas. Sem razões e explicações. É assim que os adultos ensinam as crianças a andar, a falar, a dar laço no cordão do sapato, a tomar banho, a descascar laranja, a nadar, a assobiar, a andar de bicicleta, a riscar o fósforo. Tentar criar "consciência crítica" para essas coisas é tolice. O adulto mostra como se faz. A criança faz do jeito que o adulto faz. Imita. Repete. Mesmo as pedagogias mais generosas, mais cheias de amor e ternura pelas crianças, trabalham sobre esses pressupostos. Se as crianças precisam ser conduzidas é porque elas não sabem o caminho. Quando tiverem aprendido os caminhos andarão por conta própria. Serão adultos.

Todo mundo sabe que as coisas são assim: as crianças nada sabem, quem sabe são os adultos. Segue-se, então, logicamente, que as crianças são os alunos e os adultos são os professores. Diferença entre quem sabe e quem não sabe. Dizer o contrário é puro *nonsense*. Porque o contrário seria dizer que as crianças devem ensinar os adultos. Mas, nesse caso, as crianças teriam um saber que os adultos não têm. Se já tiveram, perderam... Mas quem levaria a sério tal hipótese? Um profeta do Antigo Testamento – certamente sem entender o que escrevia: os profetas nunca sabem o que estão dizendo – resumiu essa pedagogia invertida numa frase curta e maravilhosa:

"... e uma criança pequena os guiará."◈

◈ Isaías 11,6.

Se colocarmos esse mote ao pé da fotografia tudo fica ao contrário: é a criança que vai mostrando o caminho. O adulto vai sendo conduzido: olhos arregalados, bem abertos, vendo coisas que nunca viu. São as crianças que veem as coisas – porque elas as veem sempre pela primeira vez com espanto, com assombro de que elas sejam do jeito como são. Os adultos, de tanto vê-las, já não as veem mais. As coisas – as mais maravilhosas – ficam banais. Ser adulto é ser cego.

Os filósofos, cientistas e educadores acreditam que as coisas vão ficando cada vez mais claras à medida que as luzes do conhecimento aumentam. Os sábios sabem o oposto: existe uma progressiva cegueira das coisas à medida que o seu conhecimento cresce. "Vale mais a pena ver uma coisa sempre pela primeira vez que conhecê-la. Porque conhecer é como nunca ter visto pela primeira vez..." As crianças nos fazem ver "a eterna novidade do mundo...".◈

◈ Fernando Pessoa, *Obra poética*, p. 204.

Janucz Korczak, um dos grandes educadores do século passado – foi voluntariamente com as crianças da sua escola para a câmara de gás de um campo de concentração nazista –, deu, a um dos seus livros, o título *Quando eu voltar a ser criança*. Ele sabia as coisas. Era sábio. Lição da psicanálise: os cientistas e filósofos veem o lado direito. Os sábios veem o avesso. A avesso é esse: os adultos são os alunos; as crianças são as mestras. Por isso os magos, sábios da estória natalina, deram por encerrada a sua jornada ao encontrar um menininho numa estrebaria... Os adultos, para se salvar, deveriam rezar diariamente a reza mais sábia de todas, escrita pela Adélia:

"Meu Deus, me dá cinco anos, me dá a mão, me cura de ser grande..."

Biobliografia

AGOSTINHO, *Confissões*, Petrópolis, Vozes, 2001.

ALVES, R., *A loja de brinquedos*, São Paulo, Edições Loyola, 1998.

_____, "Dali", *Correio Popular*, Campinas, 16 de fevereiro de 1997.

_____, *Entre a ciência e a sapiência*, São Paulo, Edições Loyola, 2001.

_____, *Lições de feitiçaria*, São Paulo, Edições Loyola, 2001.

_____, *O amor que acende a lua*, Campinas, Papirus, 2000.

ANDRADE, O., *Revista de antropofagia*, São Paulo, Abril Editora, 1975.

Arte em Revista, São Paulo, Centro de Estudos de Arte Contemporânea, ano I, nº 2, 1983.

BACHELARD, G., *A chama de uma vela*, Rio de Janeiro, Bertrand Brasil, 1994.

_____, *O direito de sonhar*, Rio de Janeiro, Bertrand Brasil, 1994.

BARROS, M. DE, *Livro sobre nada*, Rio de Janeiro, Record, 1996.

BARTHES, R., *Aula*, São Paulo, Cultrix, 1996.

_____, *O prazer do texto*, Lisboa, Edições 70, 1988.

_____, "Ousemos ser preguiçosos", em *Le Monde-Dimanche*, 16 de setembro de 1979, entrevista conduzida por Christine Eff.

BLAKE, W., *Poesia e prosa selecionadas*, São Paulo, Nova Alexandria, 1993.

_____, *The Marriage of Heaven and Hell*, Oxford, Oxford University Press, 1975.

_____, *The Portable Blake*, Nova York, Penguin, 1974.

BORGES, J. L., *O fazedor*, Rio de Janeiro, Bertrand Brasil, 1995.

Brown, N. O., *Life against Death*, Nova York, Wesleyan University, 1986.

_____, *Love's body*, Nova York, Random House, 1966.

Camus, A., *Primeiros cadernos*, Lisboa, Livros do Brasil, 1985.

Carroll, L. *Alice in Wonderland and Through the Looking Glass*, Nova York, Broadway Books, 1997.

Castañeda, C., *Viagem a Ixtlan*, Rio de Janeiro, Nova Era, 1997.

Corção, G., *Lições de abismo*, Rio de Janeiro, 1989.

D'Epinay, M. L., *Groddeck – A doença como linguagem*, Campinas, Papirus, 1988.

Dickinson, E., *75 poemas*, São Paulo, 7 Letras, 1999.

Duras, M., *A amante inglesa*, Lisboa, Edições Europa-América, 1989.

Eliot, T. S., *Poesia*, Rio de Janeiro, Nova Fronteira, 2000.

_____, *The Complete Poems and Plays*, Nova York, Harcourt, 1952.

Feuerbach, L., *A essência do cristianismo*, Lisboa, Calouste Gulbenkian, 1994.

Fromm, E., *Marx's Concept of Man*, Nova York, Frederick Ungar Publishing Co., 1964.

García Márquez, G., *Amor nos tempos do cólera*, Rio de Janeiro, Record, 1985.

Guimarães Rosa, J., *Grande sertão: veredas*, Rio de Janeiro, Nova Fronteira, 2001.

_____, *Manuelzão e Miguilim*, Rio de Janeiro, Nova Fronteira, 2001.

_____, *Tutaméia*, Rio de Janeiro, Nova Fronteira, 2001.

Hegel, G. W. F., *Princípios da filosofia do direito*, São Paulo, Martins Fontes, 2000.

_____, *The Phenomenology of the Mind*, Oxford, Oxford University Press, 1970.

Hesse, H., *O jogo das contas de vidro*, Rio de Janeiro, Record, 1972.

Hofstadter, D. R., *Gödel, Escher, Bach: An Eternal Golden Braid*, Nova York, Basic Book, 1999.

Isaacs, S., "The nature and Function of Phantasy". The International Journal of Psycho-Analysis, 1948, 29: 73-97.

Kant, I., *Crítica da razão pura*, Lisboa, Calouste Gulbenkian, 1994.

KAUFMAN, W. A., *Basic Writing of Nietzsche*, Nova York, Modern Library, 2000.
_____, *The Portable Nietzsche*, Nova York, Penguin, 1997.
KAZIN, A., *The Portable Blake*, Nova York, Penguin, 1977.
KIERKEGAARD, S., *Purity of Heart*, Nova York, Harper, 1948.
KUNDERA, M., *A insustentável leveza do ser*, São Paulo, Companhia das Letras, 1999.
LEMINSKI, P., *Matsuo Bashô*, São Paulo, Brasiliense, 1983.
MARX, K., *Manuscritos econômico-filosóficos*, Lisboa, Edições 70, 1973.
MEDICI, L. de, *O mais belo livro da cozinha italiana*, Lisboa/São Paulo, Verbo, 1992.
MEIRELES, C., *Flor de poemas*, Rio de Janeiro, Nova Fronteira, 2000.
_____, *Verdes reinos encantados*, São Paulo, Salamandra, 1988.
MENDES, M., *A idade do serrote*, Rio de Janeiro, Editora Sabiá, 1968.
_____, *Transístor – Antologia de prosa*, Rio de Janeiro, Nova Fronteira, 1970.
MORAES, V. de, *Poesia completa & prosa*, Rio de Janeiro, Nova Aguilar, 1998.
NERUDA, P., *Confesso que vivi*, Rio de Janeiro, Bertrand Brasil, 2000.
_____, *Odas elementares*, Madri, Cátedra, s.d.
NIETZSCHE, F., *Além do bem e do mal*, São Paulo, Companhia das Letras, 1999.
_____, *Assim falou Zaratustra*, Lisboa, Edições Europa-América, 1978.
_____, *Crepúsculo dos ídolos*, Rio de Janeiro, Relume Dumará, 2000.
_____, *Ecce Homo*, São Paulo, Companhia das Letras, 2000.
_____, *Gaia ciência*, São Paulo, Companhia das Letras, 2001.
_____, *O nascimento da tragédia*, São Paulo, Companhia das Letras, 1999.
_____, *Werke*, Karl Schlechta, Verlag Ullstein, Frankfurt am Main-Berlim-Viena, 1976.
NOVALIS, *Pólen*, São Paulo, Iluminuras, 2001.
PAZ, O., *Los hijos del limo*, Madri, Planeta Editorial, 1996.
_____, *O arco e a lira*, Rio de Janeiro, Nova Fronteira, 1982.
PEIRCE, C. S., "How to Make our Ideas Clear", in Buchler J. (org.), *Philosophical Writings of Peirce*, Nova York, Dover Publications, 1989.

Perroni-Moisés, L., *Barthes,* São Paulo, Brasiliense, 1983.
Pessoa, F., *Livro do desassossego,* São Paulo, Companhia das Letras, 1999.
_____, *Obra poética,* Rio de Janeiro, Nova Aguilar, 2001.
Platão, *Fedro,* Lisboa, Edições 70, 1998.
Popper, K., *The Logic of Cientific Discovery,* Londres, Routledge, 1994.
Prado, A., *Poesia reunida,* São Paulo, Siciliano, 2001.
Quintana, M., *Prosa e verso,* Porto Alegre, Globo, 1980.
Revista de Antropofagia, ano I, número I, maio de 1928.
Róheim, *Magic and Schizophrenia,* Nova York, Intrenational Universities Press, 1955.
Saramago, J., *Viagem a Portugal,* São Paulo, Companhia das Letras, 1997.
Schopenhauer, A., *Über Lesen und Bücher – Sobre livros e leitura,* Porto Alegre, Paraula, 1994.
Souza, J. C. de (org.), *Pré-socráticos,* São Paulo, Nova Cultural, 1989. (Col. Os pensadores).
Tao-Te-Ching, Rio de Janeiro, Mauad, 1999.
Unamuno, M. de, *Do sentimento trágico da vida,* São Paulo, Martins Fontes, 1996.
Vico, G., *A ciência nova,* Rio de Janeiro, Record, 1999.
Whitman, W., *Folhas das Folhas de Relva,* São Paulo, Brasiliense, s.d.
Wittgenstein, L., *Blue and Brown Books,* Nova York, Harper, 1980.
_____, *Philosophical Investigations,* Londres, Blackwel Publishers, 1998.

Este livro foi composto em Arno Pro
para a Editora Planeta do Brasil
em julho de 2014.